J.R.R.TOLKIEN
THE MAN WHO CREATED
THE LORD OF THE RINGS

トールキン

『指輪物語』を創った男

マイケル・コーレン 著　井辻朱美 訳

原書房

友人にして師である
デイヴィッド・メインスに

トールキン——『指輪物語』を創った男◆もくじ

はじめに

トールキンはさぞかし喜んだことだろう。彼のまわりにいた尊大でお高くとまった人たちは苦い顔をしたかもしれないが。『指輪物語』と『ホビット』の著者が二十年前に世を去ったことなど、なんのさまたげにもなっていなかった。いまでも彼の作品は、議論をまきおこす。しかも、それはなんというはなばなしい議論だったろう。

じつはこうなのだ。二十世紀が終わるにあたって、英国のメジャーな新聞が読者にたいして、この一世紀でもっともすばらしい書物はなにか、という大々的なアンケート調査を行なった。その結果、人々のほんとうの関心があきらかになった。二万五千人以上の男女を対象とした調査で、堂々一位にかがやいたのは『指輪物語』だった。まさか、という反対意見があがった。英米のさまざまな新聞や書店が、独自の調査を行なってみた。しかし

世界的な作家トールキン

結果はおなじだった。トールキンが勝利をおさめつづけた。

英国で高い評価をもつ書籍協会は、自前の調査を試みることにし、こんどは歴史上のすべての時代を対象にした。書籍協会の五千人の会員はすじがねいりの読書家で、文学のなんたるかを知っており、単なる流行におもねるような人間ではない。だが、その選択はどうなったか。ジェイン・オースティンの『高慢と偏見』が健闘し、チャールズ・ディケンズの『デイヴィッド・カッパーフィールド』も善戦した。だが、ふたたび一位の名誉にかがやいたのは、われらのトールキンと『指輪物語』だったのだ。

しかし、この結果は、いわゆるおしゃべりな人たち——つまりTVやラジオに出まくり、書評を書き、大衆の意見を代弁する人たち——には容認されなかった。彼らはまず、調査が不正確だといい、さらには裏にからくりがあるにちがいないとまでいった。なんたるいいがかりだろう。そうした非難が事実無根だとわかると、彼らは怒りのあまり、暴言をはいた。トールキンのファンとはおせじにもいえない、ある英国の小説家は、人に読書を奨励するのはよい考えではない、図書館なぞ廃止すべきだ、といった。もちろん冗談のつもりだったのだが、本心が透けてみえる。

トールキン本人を攻撃し、その読者や熱狂的ファンを皮肉ってみせる作家や評論家もいた。自分のお気に入りの本が期待どおりに――というか期待と裏腹に――一般大衆にうけいれられないものだから、自分自身まで軽視されたかのような腹立ちぶりだ。エリートというものはそうしたものだ。エリートとは、万人にとってよいことをわれこそは心得ていると称する少数の知識人集団である。彼らはたいていまちがっている。しかし彼らがもっとも傷つけられたのは、トールキンがそうした知識人集団に加わることを、一貫して拒否してきたという事実だ。彼の本が勝利をおさめたことだけでなく、そうした彼のありかたが認められたのがくやしいのである。

読書スノッブたちの傷口に塩と、おまけに少々の胡椒《こしょう》をすりこむかのように、『ベスト・ブック』論争の直後に、トールキンの名はふたたび大々的に新聞紙面をかざった。二〇〇〇年の夏のこと、『指輪物語』のあたらしい実写映画を制作中の映画会社が、その一部をウェブ・サイトで流すことに決定した、と発表した。みじかいビデオ・クリップが流れた初日だけで、ダウンロードの件数は百七十万をこえた。それまで最高記録を保持し、過去の三本のシリーズ映画の成功にささえられ、広範な大衆の支持をすでに得ていた『スター・

ウォーズ　エピソード1——ファントム・メナス』のときの二倍である。ほとんどの人は『指輪物語』にどんな俳優が出演するのか、いつ公開されるのかさえも知らなかった。

トールキン本人がビッグであるだけでなく、トールキンの著作もビッグ・ビジネスだ。彼を誹謗《ひぼう》し、反対の声をあげる人々というのは、じつは、自分がこれほどこきおろした著者ほどの人気と成功を得られるならなんでもしたいと思うやからである。いっぽうトールキンは、けっして名声や金銭をもとめたことはなかった。彼が必要としたのはよい本、よいパイプ、そしてよい会話だった。お金持ちの有名人といっしょにいるときも、無名のまずしい人といっしょにいるときもおなじようにくつろいでいた。

こうしたおおさわぎがくりひろげられているあいだじゅう、トールキンは前にもましてすてきな本とパイプと会話にとりかこまれ、すべてをみおろす高みから、この一部始終をほほえんでみつめていたのではないか、という気がしてならない。くすりとわらい、タバコ入れのなかをかきまわし、無上のワインをひとくち。そして——もしかしたら——フロド・バギンズとしてとおっていたちいさな人物からの満足そうなうなずきが、かえってくる。あなたという人は、いつもかわらないんですねえ、トールキンさん。

本書は多くのすばらしい物語を、多くの人のために書いたJ・R・R・トールキンの物語である。彼のはじまりから、とちゅう、そして終わりまでの物語だ。それはなみはずれたことをなしとげた、なみの人間の物語だ。父たち母たちの物語、娘たち、息子たちの物語でもある。神、宗教、幸福、苦悩、友情、そして天才の物語だ。そう、そしてそれは世界最高の書物のひとつ、『指輪物語』についての物語でもある。

第 *1* 章

はじまり

Beginnings

南アフリカときけば、政情不安定な分断された国という印象をうけるだろう。事実そのとおりである。だが、過去においては事情はさらに深刻で、アパルトヘイトという悪名高い不公平な制度のもとであえいでいた長い歴史がある。この制度では、黒人に基本的人権がみとめられておらず、迫害され、逮捕され、殺されることすらあった。現在アパルトヘイトはおわり、このうつくしい国は修復されつつあるが、それにはまだ時間がかかり、道のりは依然とおいものである。

実際南アフリカには、むかしから平穏な時期がなかった。ひとつには部族間の抗争があったため、そしてもうひとつはヨーロッパからの侵略のためである。一八九二年一月三日、ジョン・ロナルド・ローエル・トールキンがオレンジ自由州のブレムフォンテーンで生まれたのも、そういう時代だった。国はいくつもの集団に分かれていた。黒人、褐色の人種、そして白人である。しかし、権力のあらかたをにぎっていたのは白人だった。トールキンが生まれたのは、むろんその白人社会のなかである。

おおざっぱにいって、この国には白人集団がふたつあった。英国人とアフリカ人である。このアフリカ系白人は、おもにオランダ人の先祖をもち、その他にドイツ人や、いわゆるユグノー教徒とよばれるフランスのプロテスタントたちをルーツとしていた。彼らはオランダ語に近いことばを話し、そこに他のヨーロッパ諸国のことばやまわりのアフリカの方言がまざりこんでいた。アフリカ系白人は、すでに十七世紀に南アフリカに移住してきていたが、十九世紀になって英国人がこの国と地域を征服した。ふたつの集団は不安定な共存状態にあり、それはのちにボーア戦争として知られる血みどろの抗争に発展していく。

文体も作品の評価も、立ち居ふるまいのすみずみまでも英国的であったトールキンが、英国からはるかにへだたった国で生まれたというのはふしぎである。その理由は、父のアーサー・ローエル・トールキンと母のメイベル・サフィールドが、仕事のつごうで南アフリカに移り住んだためである。アーサーは銀行員で、はじめは英国のウェスト・ミッドランドの大都市で働いていた。実入りも悪くなかったし、アーサーはそつなくこなしていたが、頑健で野心家の若者にとっては、真の可能性を賭《か》けるべき場所は植民地であった。

一八九〇年代に、南アフリカ銀行から声がかかったとき、アーサーは渡りに舟ととびついた。ほどなくアフリカ銀行のブレムフォンテーンの支店長という、かなりの高地位にのぼりつめた。

では、アーサーの妻メイベルとはどのような人物だったのだろう。メイベルは知的でチャーミングな若い女性で、彼に出あったのはまだ十代のときだった。わずか十八歳で、アーサーの求婚をうけいれるが、そのときアーサーはすでに男ざかりの三十三歳だった。両親はメイベルが若すぎるという理由で、もうすこし成熟するまで、結婚をのばすようにさせた。アーサーともあまり頻繁に会うことはできなかった。ただ待つだけだった。アーサーとメイベルは手紙をやりとりし、夕食をともにしたり、バーミンガムでのダンス・パーティーにいっしょに行ったりしたが、それだけだった。ヴィクトリア朝とはそういう時代だった。ロンドンでは事情もややかわりかけていたが、郊外や中部北部は、まだまだ旧弊《きゅうへい》でかたくるしかった。

ピアノごしにちらと笑みをかわしあうこと、リサイタルの会場で手がふれあうこと、メイベルお得意のおいしいキュウリのサンドイッチのひときれを手わたすこと、認められていたのはせいぜいそのくらいだった。婚約したカップルとしては、最小の接触といえる。

メイベルにはそれはたいへんなつらさだった。婚約者を愛するだけではなく、崇拝もしていた。彼はひとかどの成功者であり、個性的で力強い人間だった。当時の若者らしく、重たげにびっしりと生やした口ひげ、堂々とたくましい体格、メイベルを笑わせ、夢見させることのできる才能、そんなものをもちあわせたアーサーは、ヴィクトリア朝大英帝国の成功した青年紳士そのものだった。

愛する男性の家がほんの数マイルさきであっても、待つのはつらいことである。それが、べつの大陸のべつの国となったら、そのつらさがどれほどのものになるか、想像してみてほしい。アーサーはもうひと旗あげてから、若い恋人と結婚しようと思い、単身南アフリカに発《た》っていった。そしてそのとおり成功した。彼はメイベルにあてて、いまでは持ち家もあり、実入りも多く、何人か使用人もいるのだと書きおくった。どうか南アフリカにきて、妻になってくれないか。もちろんメイベルに異存はなかった。ようやく両親の承諾もえられたので、二十歳になったばかりのメイベル・サフィールドは一八九一年、ロビン・キャッスル号という大きな灰色のうすよごれた船にのりこみ、新しい家と夫のもとに旅立っていった。

英国の中心部の工業地帯からきたメイベルの目には、南アフリカのだだっぴろい平野が、どれほど異様なものに映ったろう。工場がはきだす煙のかわりに、平原をつっぱしる野生の獣が雲のように塵《ちり》をまいあげてゆくのだ。こぎれいにならぶレンガの家にひきかえ、そこにあるのは周囲ににょきにょきと生えだす奇妙なあたらしい建物と、拳銃片手に馬をとばしてゆく荒くれ男たちだ。危険、砂ぼこり、そしてあまりにもおおきなちがい。メイベルはこの地にまったくなじめなかった。

だが、アーサーのほうはここが大いに気に入っていた。ゆたかな可能性を得て、のびのびと自由を満喫していた。ここでは彼の好きなクリケットでさえ、もっと粗暴なかたちでプレイされており、それは彼の気性にぴったりだった。メイベルは、南アフリカに対する気持ちはどうあれ、ここに適応しなければならないと決心し、一八九一年の四月十六日に恋人と結婚した。ほんのみじかいハネムーンのあとで、ふたりは汽車に乗りこんで、暑くたいくつな七百マイルの距離をこなし、ブレムフォンテーンの新居にもどってきた。

ブレムフォンテーンは、ヨハネスバーグやケープタウンのように南アフリカの有力都市であったことはない。一八九〇年代には、たいして大きくもない町の一画でしかなかった。英語を話す少数の住民はおたがいに助けあって、故国のことを忘れまいとしていた。みな親切であたたかいが、メイベルにとっては、故郷の友人や家族とはまったくちがった人々だった。彼女は一度も南アフリカを自分の国とは思えず、そこは結婚生活の一時期をくらす場所にすぎなかった。英国に帰りたくてならなかった。

一番楽しいのは、アーサーとふたりきりの時間だった。彼に手をとられて田舎のほうまで長い散歩に出るとき、ピアノのそばで彼が歌ってくれるとき、そういうときにはどこに住んでいるかも気にならなかった。ふたりはしんじつ愛しあっていた。そしてふたりのロマンスに美しい封印をほどこすかのように、すぐに子どもが生まれた。ジョン・ロナルド・ローエル・トールキン、本書の主人公である。

ジョンという名は祖父からとったもので、ローエルは父アーサーのミドルネームだが、ロナルドの由来はわからない。皮肉なことに、子ども時代の彼は、家族友人にはロナルドと呼ばれ、おとなになるころには、親しい間柄ではトールキンとかトーラーズとか呼ばれた。メイベルがいうには、彼はとても愛らしい赤ん坊だったのである。

あらゆる赤ん坊は愛らしいものだ――が、赤ん坊から幼児期にかけての彼の生活は、ふつうの子どもとはちがっていた。サルが庭の塀をのりこえてきて、物干し綱の衣類をひっつかみ、だいなしにするようなことがあった。ややおおきくなったころには、無害のはずのクモと劇的な出あいをした。クモにかまれたのである。しかもそれは有毒のタランチュラだった。機転のきく召使いが、傷口から毒を吸いだしてくれなかったら、トールキンの人生も『指輪物語』も、花開くことはなかったろう。トールキンの本によくクモが出てくるのも、ふしぎではない。町には原住民の狩人たちも走りまわっていて、寸分のすきもなく武装していた。危険な野生動物が、人々をさらってゆかないように、撃ち殺すためである。

だが、少年と家族にとっては、おおむね暮らしやすい環境だった。太陽がさんさんと照り、食卓にはおいしい食事がならび、アーサーの仕事は順調だった。それでトールキン夫妻は、もうひとり子どもをつくろうと計画した。一八九四年に、ヒラリー・アーサー・トールキンが誕生する。ヒラリーは兄よりも成長がはやく、アフリカの気候に向いているようで、暑さや自然の風物になじんでいた。トールキンははじめは健康だったが、よちよち歩きのころには、体調がすぐれなくなっていた。しだいに病気がちになって、両親を心配させた。

英国にもどるしかないようだった。そこなら縁者も多く、すすんだ医療も受けられるし、気候ももっとしのぎやすい。アフリカは暑くてよく晴れていたが、乾燥していてあらあらしく、強烈な気候だった。気温もかなりあがるので、病人には息苦しい。だが問題は、飛行機のなかった当時、アフリカからヨーロッパへの船旅は長くて、しかも高くつくことだった。アーサーは仕事を休めず、彼の分の旅費までは出せなかった。メイベルがふたりの息子をつれて、帰るしかなかった。

二十代前半の女性がふたりの幼児をつれて、だれの助けもかりずに長旅をするのはたいへんなことだった。けなげにも、メイベルは自分の決断をうたがわなかった。まずは、息子だけでもつれてかえるのだ。それは当然だったし、それが正しかった。アーサーはもうすこし地歩をかためてから、もどることになった。当時の英国人というものは、きりりと上唇をひきむすび、感情を見せないようにしていたと考えられがちだが、厳密にはそうでもなかった。そのころにも感情の表出はあった。こんにちほど露骨《ろこつ》というか、ある意味ではわざとらしくはないかもしれなかったが。そこには深い真心がこもっていた。家族との別離は、胸を裂かれるようなものだった。

三人は一八九五年蒸気船ゲルフ号で出帆し、以後おさないトールキンは二度と生誕の地にもどることはなかった。おとなになってから彼はよく、そこに行ってみたいと口にしたが、じっさいにはその地はたいして意味をもっていなかった。アフリカ語はひとつふたつ思い出せたし、ときに大平原や草原の情景がうかんでくることもあったが、それ以外の点では南アフリカは、失われた子ども時代というレンズがぶあつくなるにつれて、ぼやけていった。

三人は、イングランド西中央部のバーミンガム近くの町キングスヒースに住むメイベルの実家に身をよせた。そこには空間が――南アフリカの広大さにくらべれば――ほとんどなかった。みんなはトールキンの健康状態がよくなるのを待ったが、それにはひと月、ふた月、あるいは三カ月かかるかもしれなかった。アーサーはきちんきちんと手紙をよこしたが、もどってくる機会をつかめないでいた。将来がまだふたしかなのだ、と書いてきた。若い野心的な青年がたくさんいて、勝ち残るのはむずかしかった。新来者はみな若く、彼らから目をはなすわけにはゆかなかった。アーサーはすでに若者ではなくなっていた。

体力も若者のそれではなかった。十一月、彼は、ときには命にもかかわることのあるリューマチ熱におかされた。だが、もともと頑健だったので、早くよくなって家族のもとに帰りたい一心でがんばった。峠はこしたが、英国の長い冬には耐えられそうもない、と彼は書いてよこした。気候がよくなりしだい、そちらへもどるつもりだ。一八九六年が明けても、アーサーは帰ってこない。またリューマチ熱がぶりかえしたらしい、との手紙がきた。メイベルは夫にあてて「わたしがそちらへ行って、おせわします」と書いた。ちいさいトールキンぼうやも「おとうさんに会いたい、ずいぶんぼくはおおきくなりました」と書いた。

アーサー・トールキンはそれらの手紙を読むことはなかった。というのも、それらはけっきょく投函されなかったからだ。郵便局にゆく前に、メイベルに悲痛な電報がとどいた。夫は敗血症にかかっていたのだ。彼はよく耐えた。ぎりぎりまでたたかった。だが、むなしかった。メイベルの英雄にして恋人、魂の伴侶《はんりょ》であったアーサーは亡くなった。きのどくなアーサー。きのどくなメイベル。きのどくな子どもたち。

逆境はわれわれに試練をあたえる。メイベル・トールキンの試練は、なみたいていのものではなかった。ある意味では、子どもたちの世話は、自分の苦痛をまぎらわす役に立った。世のつねとして、メイベルも衝撃にうちひしがれていた。はじめ、三人はメイベルの実家に身をよせていたので、子どもたちはトールキンの家系よりも、サフィールドの家系の影響をつよく受けた。父方の祖父のところへも遊びにいったが、もうそのころの祖父は老いてたいくつな人間になっていた。五歳になるまでに、父と父方の家族についてのあらかたを忘れてしまったのは、トールキンの生涯にとって大きな悲劇のひとつだった。子どもというものは忘れるものだし、おさない子どもともなれば、ほとんどすべてを忘れてしまう。おとうさんは影となり、ぼんやりとした過去の人物にすぎなくなった。

少年がアーサーの父と、父の妹グレイス叔母から学び知ったのは、トールキンの家系についてだった。はるかむかしのロマンティックな時代に、ドイツとオーストリアにいた祖先はトルコ人を撃退し、大勝利をおさめた。トールキン家は暴君が立ったときにはつねにその地を去るようにし、さいごに英国におちついた。ほんとうかうそかはともかく、先祖の事績の物語は、子どもたちに感銘をあたえた。とくに将来の作家には。

メイベルはやがて、バーミンガム近くのモーズリーの町の郊外のセールホールに、自分と子どもたちの家を見つけた。それはまさに小説の舞台になりそうな家だった。村と近くの水車小屋は、かつての英国の美しい田園地帯の真髄《しんずい》ともいえるようなたたずまいだった。好ましい色彩の海の中に、茶色と緑と黄色が溶けながれあっていた。太陽が、麦畑やふるい納屋の屋根の上で永遠のジグを踊っていた。丘や谷があり、冒険と遊びがあった。ここは勇者や領主、王者たちの土地だった。ウェリントン公爵とネルソン提督はこの道を歩いたかもしれず、アルフレッド大王や獅子心王リチャードがそこらの岩かげで休んだかもしれなかった。どんなことでもありえた。住むには美しい場所であり、ふたりの子どもは大喜びだった。

それに田舎の人たちがいた。個性的だがわるい人ではなく、みなそれぞれに後年のトールキンの作品に登場してくることになる。たとえば近くの水車小屋には、長い黒ひげの老人がいて、子どもたちは死ぬほどこわがっていた。その息子はもっとおそろしく、頭のてっぺんからつまさきまで真っ白な粉にまみれて、水車小屋からとびだしてくる。この男はわめいたり、叫んだりして、子どもたちを追いはらった。ふたりは彼を〈白いオーク鬼〉

セールホールの水車小屋。
『ホビット』のなかでは、大きな水車小屋としてえがかれている。
ここでトールキンは冒険やいたずらを試み——
また、インスピレーションの源になった場所でもあった。

と呼んだのである。もうひとり、おさないトールキンがその土地に入りこんで、追いまわされた隣人もいて、そちらは〈黒いオーク鬼〉と呼ばれた。なんという、血わき肉おどる生活だったろう。

トールキン兄弟はまた文化の対立にもぶつかった。ふたりは中流階級のおさない紳士として育てられていたが、まわりにはウォリックシャーの農家の子どもたちがいた。そこはシェイクスピアの世界であり、彼が十六世紀後半にもちいたことばの多くは、まわりの人の話しことばだった。ウォリックシャーのなまりは、この地方の牝牛のミルクからできたクリームとおなじように、重たくくぐもっていた。トールキン兄弟は方言になれていなかったので、いじめられた。だが、ふたりともすぐにことばになじみ、このふるく安定した音のひびきとリズムを愛好するようになった。たとえばコットン・ボールはギャムジー織りをちぢめて、ギャムジーとよばれた。なぜギャムジーなのか？　そのあたりに住むサムソン・ギャムジーという男が発明したからだ。

兄弟は当時の子どもたちの多くがそうであり、いまでも少数がそうであるように、家で教育された。母親が国語や書きかた、算数、図工をおしえた。また最高の教養は、読書から得られることもおしえた。読み方はおしえてあげますが、ものを読みたくなるかどうかは、あなたがたしだいですよ、と母はいった。しかしトールキンは、読書欲をかきたててもらうまでもなかった。彼は飢えたものが食べ物をむさぼりくらうように、本に没頭した。

『ふしぎの国のアリス』や、海賊や軍人たちのいさましい話、「アーサー王と円卓の騎士」伝説などを読んだ。アンドルー・ラングの「色の童話集シリーズ」は、おさないトールキンに生涯にわたっておおきな影響をあたえることになる。彼にとって特別な作家のひとりは、スコットランド地方の重たいことばをつかって、子どもの本とおとなの本、両方を書いたジョージ・マクドナルドだった。マクドナルドの作品すべてではないが、いくつかは大のお気に入りになった。マクドナルドはまた、後年トールキンの親友になる「ナルニア国物語」の著者C・S・ルイスにも決定的な影響をあたえている。

マクドナルドが敬虔《けいけん》なキリスト教徒だったこと、ルイスもまたおなじように信者になったことは重要である。トールキンは英国国教会で洗礼を受け、一族は当時の社会が要求している程度には信心深かったが、母親のメイベルはおざなりのキリスト教信仰以上のものを、ずっと求めつづけていた。実際、彼女はローマのカトリック教会の総本山まで巡礼に出たこともあったのである。一九〇〇年の六月に、メイベルは聖ペトロという岩の上に建てられた教会の一員になった。

こんにちのわれわれは宗教的な転向をそれほどおおきなこととは考えず、カトリックの信者になることにも、さほど周囲の抵抗はない。しかしプロテスタント信仰の強固な一九〇〇年の英国では、事情はまるでちがっていた。カトリシズムは異国の奇習であり、反英国的とすらみなされていた。個々のカトリック教徒の教皇への忠誠心や、二百年ほど前のカトリック・プロテスタント間の政争などのために、カトリック信者はうさんくさいものとされ、法的にも社会的にも差別をうけていた。

この時代には英国でもアメリカでも、反カトリックの群集の暴動が起きており、アメリカのいくつかの都市では、カトリック教徒が殺されることすらあった。それはなぜだろうか。原因は憎悪と無知だった。相手を声高に非難し、暴力をふるうがわの人間も自分のことを、カトリック教徒とおなじようにキリスト教徒だと考えていたが、それはプロテスタントの亜流の一派だった。ほんもののプロテスタントはけっしてそんなことはしない。プ

トールキンが楽しい日々をすごした
レドナルのオラトリオ会館

ロテスタントは十六世紀にカトリック教会から分かれ、さまざまの派をかたちづくった。信仰の基盤であることがら――処女懐胎《かいたい》、キリストの死と復活、イエスを救世主とみとめること――に関しては、カトリックもプロテスタントも一致している。だがプロテスタントが、聖書のみを知恵のよりどころにするのに対し、カトリックは教皇や教会の伝統的教えをも聖書と同等のものとみなす。ちがいはそれだけではないが、こんにちでは、プロテスタントとカトリックは、相違点よりも共通点のほうがはるかに多いことがわかっている。

かなしいことに、当時はそうではなかった。メイベルはすぐに改宗の結果に直面させられた。両方の実家からは、財政的援助をうちきられ、その行為を露骨に非難された。しかしこの批判や金銭的援助のうちきりも、彼女のあたらしい信仰をゆるがすことはなかった。メイベルはできるかぎりのことをし、トールキンをバーミンガムにある有名なキング・エドワード・グラマースクールに入れた。この学校はすばらしいところだったが、セールホールからは遠すぎた。一家はモーズリーにひっこしたが、そこはようやくなじんだばかりの美しい田園地帯とは、まったくちがう気ぜわしい場所だった。

家族はみなこの新居が気に入らず、なるべく早くまたひっこししたいとのぞんだ。おまけに、ひとりの寛大な伯父が家族の反対をおしきってメイベルに財政援助をしてくれていたものの、キング・エドワード校の月謝はひじょうに高かった。突然、メイベル・トールキンは自分の人生——と息子たちの人生——を変えるようなものに出くわした。バーミンガムのオラトリオ会を発見したのだ。

オラトリオ会ははじめ十六世紀に、フィリップ・ネリというイタリアの司祭によって作られた。彼は、修道士たちがいっしょに暮らすことで、よい仕事をし、どこでもいつでも自分たちを高めることができる、と考えたのである。一八九四年、のちに枢《すう》機卿《ききょう》になったジョン・ヘンリー・ニューマンが、バーミンガムのオラトリオ会を設立した。オラトリオ会は発展し、街でもおおきな勢力となった。メイベルがたよったのはここだった。ここで彼女は、フランシス・ゼイヴィア・モーガン神父に出あう。

真の善良さが歴史の表舞台に顔を出すということが、ときたまあるものだが、この四十三歳のカトリック司祭にとっては、まさにそのときがきたのだった。彼はトールキン家にとって、父のような存在となった。家族は彼なしではもうやっていけなかった。フランシ

トールキンの愛したバーミンガムのオラトリオ会にある
ニューマン記念教会の身廊

トールキン家にはかりしれない慈愛をそそいだモーガン神父

ス神父は半分ウェールズ、半分はアングロ・スパニッシュの血をひき、両方の祖先の血の熱さをもっていた。神父は兄弟に物語を話してきかせ、旅につれだし、必要なときにはメイベルに心の支えをあたえ、この迫害された小さな部族に、オラトリオ会とのつながりをもたらした。

彼はまたトールキンを、はでなエドワード校よりもはるかに安い、オラトリオ会経営のセント・フィリップ・グラマースクールに入れてくれた。だが、トールキンはそこに長くはいなかった。というのも、なみはずれて頭がよかったので、セント・フィリップではそれにみあった教育がうけられなかったからだ。一九〇三年、トールキンは奨学金を得て、キング・エドワード校に復学し、フランシス神父は家族が、オラトリオ会の司祭の田舎の静養地のちかくにあって、学校からも遠くないレドナルにひっこせるようにはからってくれた。

学校は前よりもよくなっていた。ここでトールキンは恩師ジョージ・ブルワートンに出あい、中世の文学、言語、法律の世界に目をひらかれる。トールキンは英国中世の作家ジョフリー・チョーサーを読み、その『カンタベリー物語』が大好きになった。そして中期英語を学んだ。現代の英語とおなじ系列のことばだが、ちがった構造をもち、多くのちがった単語をもつ。それはまったく別の世界であり、わくわくさせられ、しかもその世界にはかぎりがなかった。ようやくトールキン一家に光がさしてきたようだった。だが、みなは、ここ数年のメイベルの苦労を忘れていた。一九〇四年四月、彼女は糖尿病で入院し、やがて家での静養をゆるされたものの、病いと苦悩の重たい毛布をはねのけることはできなくなっていた。

容態は悪化した。トールキンと弟は子どもらしく、母親は不死身だと信じていた。なにも悪いことは起きないだろうと。母親はまだやっと三十四歳だったが、それまでの苦労がたたっていた。人生の荒波にもてあそばれた善良でやさしくおだやかな女性。十一月十四日、フランシス神父はメイベルの妹メイとともに、病人の枕もとに呼ばれた。彼女は呼吸困難におちいっていた。部屋の中からは、おそろしい奇妙な音がひびいていた。おかあさん、おかあさん。よくなって。どうか、起きあがって。だが、そうはならなかった。ぴくりと体が動いたかと思うと、魂は離れていった。メイベル・トールキンは亡くなった。もう苦しみも悲しみもなかった。

父をなくしたのは痛手だったが、そのとき兄弟はまだおさなすぎて、それほどの影響はうけなかった。だが母親のときには、トールキンはわずか十二歳で、弟のヒラリーは十歳だった。ふたりは母親がどれほどよくしてくれたかを知っていた。メイベルはできるかぎりのことをしてくれ、つねに迷いなく、子どもを第一に考え、自分を犠牲にした。いま兄弟はおびえ、ひどく混乱していた。

だが、それでも信仰はうしなわなかった。ふたりとも母親のカトリックの信仰を、前にもましてたいせつなものと感じるようになった。それこそが彼女の遺産だったからだ。トールキンは信心深い子どもで、信心深いおとなにそだってゆき、その著作には信仰がしみわたっている。

フランシス神父もふたりを助けてくれた。メイベルは自分がいよいよいけないと知ったときに、神父を子どもたちの保護者とみなすようになっていた。ほかにはだれもおらず、それが最上の選択だった。この眼鏡の神父はトールキン兄弟を精神的にのみならず、金銭的にも援助し、心をつくして親代わりになろうとした。もちろん、失った親の代わりになりきることはできない。兄弟は叔母のベアトリス・サフィールドにひきとられ、バーミンガムにある退屈でおおきな建物の最上階に住むようになった。そこは家庭らしくはなかった。母親との暮らしとはまったくちがっていた。

ただ学校はおもしろく、それが救いになった。トールキンはラグビー・チームのキャプテンになり、キング・エドワード校のほとんどのスポーツを楽しんだ。三人の親友——ジョフリー・スミス、ロバート・ギルソン、クリストファー・ワイズマン——といっしょに雄弁会をつくり、校内での討論の場に活発に参加した。中世英語にもいよいよ打ちこみ、さらに千年以上もむかしに英国にわたってきたアングロ・サクソン人たちのことばである古期英語にも手をのばしはじめた。言語と言語学はいつでも彼をひきつけた。彼は自分で複雑な語彙《ごい》やアルファベットを考案し、それを実際に使い、友だちとも分かちあった。

フランシス神父はかわらず兄弟に目をそそぎ、その進歩をよろこんでいた。叔母のもとでの暮らしがかならずしも楽しくはないことを知っており、バーミンガム市内の別の家を探してくれた。それはフォークナー夫人の家で、兄弟がしょっちゅう通うオラトリオ会のすぐそばにあった。兄弟はかかさずミサに出席し、しばしば侍者のつとめをはたしていた。

オックスフォード大学エクセター・カレッジ。
トールキンはこの美しい環境のなかで勉学にはげむ

フォークナー夫人の家はそれほどすばらしくはなかったが、住人はその逆だった。一階には十九歳になるエディス・ブラットが住んでいた。エディスは一八八九年グロスター生まれの孤児で、生涯の大半をバーミンガムのハンズワースで暮らしていた。母親はエディスが十四歳のときに亡くなり、寄宿学校にやられたが、そこで一流の音楽の訓練をうけた。卒業後、後見人である弁護士のスティーヴン・ゲイトリーが、ときどき音楽の夕べをひらいたりする地元の女性の家に住めるようとりはからってくれた。それがフォークナー夫人である。

トールキンはやっと十六歳だったが、年のわりにはおとなびていた。きれいな少女を見分ける目をもっていた。エディスとトールキンはさいしょからひかれあった。ふたりともおさなくして両親をなくしていた。ふたりともそれをのりこえて、笑ったり人生を楽しんだりすることができるようになっていた。ふたりとも、いたずらをしかけて、人をからかうのが好きだった。それはバーミンガムでめばえた愛だった。だが、天においてめばえた愛でもあった。

しかしふたりは、フランシス神父のことを考えに入れていなかった。彼はまだ保護者の立場にあり、少年には恋のたわむれは早すぎる、としごくまっとうな結論を出した。二十一歳になるまで待つのだ、と神父はいいきかせた。もしおまえの愛情がまだかわらないようだったら、そのときには結婚してもいい。若者はすべての欲望がすぐにかなえられることを望むものだから、当初それはきびしい禁止に思われた。だが、トールキンはフランシス神父を愛し、尊敬していたので、そのことばにしたがった。トールキンと弟はひっこし、エディスはチェルトナムに住む家族の友人のもとにやられた。

ふたりにとって、それはたいへんつらい日々だった。愛していた両親を早くにうばいさられ、こんどは恋人からもひきさかれるのは理不尽に思えた。エディスはピアノにうちこんでそれを忘れようとし、トールキンはさらに勉学にはげんだ。つねに優等生であったトールキンだが、ときに、学業よりも楽しみのほうを優先するきらいがあった。というか友人にいわせれば、彼は学業でもって楽しみごとをそこないたくなかったのだ。彼は偉大な古い大学であるオックスフォードに進学する予定だった。だが、後見人にはそれだけの学資の余裕がないので、奨学金をとらなければならない。最初の試験は、失敗だった。二度目で、オックスフォードの一学寮であるエクセター・カレッジに入学をゆるされた。トールキンはもうおとなであり、将来書くことになる物語のはるかな森は、すでにざわめきはじめていた。

第２章

オックスフォード、さらにその先へ

Oxford and Upward

エクセター・カレッジはオックスフォードの多くの学寮のなかでとくに目立つとかゆたかだというわけではなかったが、それでもバーミンガムのような重苦しい工業都市で長年すごしてきたものにとっては、すばらしい場所といえた。オックスフォードは夢見る塔の街であり、歴史的遺産である尖塔《せんとう》や教会や古典的な建物のまわりをとりまくのは、イグサのしげる田園地帯だった。六百年にわたって、オックスフォードは英国の歴史と発展の上で、知性面でも芸術面でも政治面でも、重要な地位をしめてきた。そこには歴史と学問が息づいていた。

そしてそこはひたすら美しい場所でもあった。庭園の散歩、夜間の裏通りのそぞろ歩き――街角のすみずみまで、靴音がふかくこだまするのだ。ティールーム、居酒屋、風変わりだが卓越した教授陣、若い秀才たち。トールキンはシカが公園をかけぬけ、安全な木立のあいだに消えるのも目にすることができた。ローマ人がまだブリテン島をおさめていたころに建てられた教会のなかで、礼拝を行なうこともできた。トールキンはそれを愛した。いつでも一心不乱に勉学にはげむというわけではなかった。オックスフォードという場所は、厳密な学問的環境というだけでなく、それを越えた楽しみをたくさんかかえていた。トールキンは友人の輪をつくり、好きなラグビーをやり、雄弁会に加わり、自分でも会を発展させた。

トールキンはクリスマスの時期に一度、キング・エドワード・グラマースクールでの、英国十八世紀の大劇作家リチャード・シェリダン作『好敵手たち』の上演に参加するために里帰りした。いつもことばをごちゃごちゃにしてしまうマラプロップ夫人という、有名な喜劇的な人物が彼の役どころだった。ほかの出演者や地元の新聞によれば、トールキンも劇も上々のできばえだったということだ。

この時期に、彼は予備役で基本的な軍事教練を受け、馬で野原をかけまわり、天幕でねむった。乗馬は楽しかったが、ほかのたいくつな訓練はさほどでもなく、そのあとさっさと陸軍から足を洗っている。

オックスフォードにもどったあとは、いよいよ学問に打ちこむようになった。トールキンはジョーゼフ・ライトという卓抜な人物の魅力のとりこになった。ライトはまさに裸一貫たたきあげてきた男だった。イングランド北部のヨークシャーに生まれたライトは十代になるまで、読み書きすらできなかった。独学でそれを学び、それまでに失った時間をい

っきにとりもどした。手にはいるかぎりのものを読みあさるだけではなく、もっと読書のはばを広げるために、外国語を学んだ。そして、仕事以外の自由時間には、おなじような境遇の労働者たちに、ごく安い授業料でもって読み書きをおしえた。その金でさらに本を買い、ヨーロッパ大陸にわたって勉強した。

トールキンが出あったライトは、すでに比較言語学の教授だった。比較言語学とは言語を科学的かつ歴史的、そして相互比較によって研究するものである。ライトは、ゲルマン系言語について何冊も本を書き、英国のさまざまな方言についての大冊をものしていた。これはまさにトールキンの好む世界だった。彼はライトの家をたずねては、毎回大量のお茶と夕食にあずかり、この強いヨークシャーなまりのひげの大男から、うたがいもなくおおきな影響をうけた。ライトは若い男女の心に、読書や勉学の火種をうえつける能力をもっていたのだ。これがオックスフォードの教授の仕事だというのなら、自分もまさにこうなりたいものだ、とトールキンは考えた。

トールキンはオックスフォードで「古典学」つまりラテン語やギリシア語とその文学を学ぶつもりだったが、実際には北方ヨーロッパの言語のほうにひかれていた。彼は、言語学者にもっとも難解な言葉とされているフィンランド語を独学でまなぶことさえした。完全にマスターすることはできなかったものの、原語で詩の一部を読むことができるようになり、それだけでもたいしたものだった。

言語とそれをとりまく神話学への関心もおおきかったが、恋と結婚への情熱はそれをうわまわっていた。数年がすぎさり、トールキンは二十一歳になろうとしていた。フランシス神父が、エディスに近づいて求婚してもよいと許可した年齢だ。彼はあまりにも遠く思われたその機会を、指折りかぞえて待ちわびていた。ついに、その機会がやってきた。彼は二十一歳になった。誕生日前夜はベッドのなかでずっと目をさましていて、真夜中がすぎるやいなや、すぐにエディスに手紙を書いた。心臓は自作のゲルマン詩のリズムさながらに、高鳴っていた。結婚してくれませんか?と彼は書いた。だめです、とエディスの返事がきた。申しわけありませんけれど、ほかの人と婚約しました。

あれほど待ったのに。あの夢のかずかず。すばらしいエディスがいつか自分のものになると思えばこそ、めざめている時間が耐えられたのに。なんという仕打ちだ。自分からエディスをうばいさろうとしているのは、いったいどんな男なのか。それはエディスの旧友の兄ジョージ・フィールドだった。こうなった以上、トールキンはチェルトナムに飛んで、めんめんたる思いを打ちあけるしかなかった。不安な列車の旅をへて、思いなやみながら戸口までたどりついた。エディスはいるだろうか。いた。かつてより、さらに愛らしいエディスがそこにいた。ふたりはいっしょに散歩し、話をし、声をあわせて笑った。実際、エディスのトールキンへの信頼は、けっしてぐらついたことはなかったのだ。身内からの圧力とジョージ・フィールドの押しに負けて、過去の感情にとらわれるのをやめようとしただけだった。ええ、あなたと結婚しましょう、どうしてほかの人のことを考えられたのか、自分でもわからないわ、とエディスはいった。気の毒なジョージ・フィールドとその家族は落ちこんだ。だが、それが運命だったのだ。

満足の雲の上にただようような気分で、トールキンは自分を力強く自由な存在と感じた。かつては義務だった大学の学業は、楽しみに変わっていた。とうとう自分の可能性を存分にためせるのだ。彼は勉強し、読書し、つぎの試験の結果は最優秀だった。文字どおりのファーストクラス。彼は比較言語学で、最高の「アルファ」をとり、英語を専門におしえる学寮にうつることを勧められた。そこでならさらに言語学に打ちこむことができるだろう。トールキンはそうした。

フランシス神父も、トールキンがオックスフォード大学で優秀な成績をおさめることが確実になったいま、エディスとの関係も長続きするものになるだろうと思い、安堵《あんど》していた。ただひとつ問題があった。トールキンは敬虔《けいけん》なカトリック信者だが、エディスはカトリックではない。それどころかプロテスタントである英国国教会——国が母体である教会——で熱心に活動していた。エディスがカトリックにならないかぎり、カトリック教会で結婚式をあげることはできない。トールキンおよび身辺の人々にとって、それはおそろしいことだった。エディスは恋人の主張に耳をかたむけた。じつは過去に、カトリックにひかれたこともあった。だが、親類縁者の思惑が気にかかった。みんなトールキンの信仰のことを知っており、それを毛嫌いしていた。

そんなことにたじろいではいけない、真理にしたがうものに迫害はつきものだ、とトールキンは説いた。母もそうだったし、ぼくもそうだった。いまもそうだ。エディスは長くは反論しなかった。トールキンが正しいと感じていた。自分もカトリックになる、といい、一九一四年一月八日に教会員となった。もちろん身内は怒りくるい、チェルトナムでおいてもらっていた家族の友人の家から出てゆくようにいわれた。

結婚できるようになるまで、どこかに住むところを探さなければならない。彼女はイングランド中部の古都で、名だたる中世の城砦《じようさい》群をかかえたウォリックを選んだ。そこはオックスフォードから四十マイルほどのところにあり、シェイクスピアの生誕の町ストラトフォード・アポン・エイヴォンのすぐ近くだった。エディスはそこに自分のピアノをもってゆき、演奏会でみごとな腕前を披露《ひろう》した。そのピアノを彼女は一生、手もとにおいて、関節炎の指の痛みで弾けなくなるまで、ずっと弾きつづけた。楽器はそののち、子どもたちにゆずられることになった。

トールキンもウォリックを愛した。彼は英国の多くの地方に侵入してきた工業化を、終始きらっていたが、ウォリックは、というか少なくともその一部は、時代に反して近代化の波を寄せつけなかった。彼は、つごうのつくかぎりエディスのもとをおとずれたが、旅費や贈り物は高くつくので、なにか収入のみちを考えなければならなかった。一度、フランスのおばのところに遊びにゆくというふたりのメキシコ少年のつきそい兼ガイドをつとめたことがある。パリは魅惑的な場所で、トールキンは日常会話や地方の若者たちの方言をおぼえた。しかし、この少年たちのおばが路上の事故で亡くなり、旅はさんざんなものになった。トールキンは葬儀の手配をまかされた。彼がしだいにフランスおよびフランス文化を嫌うようになったのは、この事件がきっかけかとも思われる。

一九一四年、帰国してオックスフォードにもどり、彼はふたたび猛烈に勉学に打ちこんだ。すでに婚約者もいて、外国旅行も経験し、初年度もぶじに終わり、はるかにおちついた気分だった。ちいさな世界にすむ文字どおり小柄な人間だったが、自分のことを世なれた人間と感じていた。大学政治に手をだし、あれこれのかけひきや陰謀を楽しんだ。また大学内でのコンテストに勝って、英語学のスキート賞［英語語源学辞典の編纂《へんさん》者で言語学者のW・W・スキートを記念した賞］を得、五ポンドもらった。これは当然、本代になった。賞金は、中世ウェールズ語についての本、あるいはそれで書かれた本、またラファエロ前派の芸術家で思索家でもあったウィリアム・モリスの著作などに消えた。ラファエロ前派とは十九世紀末の画家たちの集団で、一四八三年に生まれ、一五二〇年に亡くなった画家ラファエロの精神をうけつごうとしていた。つまり彼らは中世の工芸、絵画、才能に魅せられていたのだが、中世とはまさにトールキンのあこがれる時代でもあった。

彼はそのころには、自分で考えたことや物語や登場人物を、書くようになっていた。ロビン・フッドの土地ノッティンガムシャーでの休暇のあいだに、彼は「あかつきの星エアレンディルの船旅」と題する詩を書いた。この詩はトールキンの神話的創作の試み、後年実をむすぶことになるその仕事のさきがけとしてひじょうに重要である。この詩には、星船《スターシップ》と天空の旅が出てくる。

それはヨーロッパの空が、星船《スターシップ》よりもはるかに美しからぬものによっておおいつくされようとしているころの作だった。一九一四年、あらゆる戦争を終わらせる戦争——といいながらじつは多くの面で、さらに多くの戦争をはじめるものでもあったが——と称して圧倒的な恐怖が世界を席巻しようとしていた。いくつもの帝国が崩壊し、偉大な王家が没落し、革命が世界を変革しようとしていた。なぜ戦争がおきたのか。それに関しては諸説さまざまである。だが、大半の歴史家の見解では、それは不必要な戦争だった。いまではだれもが、この戦争に必然性のなかったことを理解している。

トールキンと同世代の男性は志願兵となって、ドイツ、オーストリア、およびその盟軍と戦った。いわゆる大戦争、こんにちでは第一次世界大戦として知られているものである。トールキンは志願の必要性はみとめていたが、大学の課程を終えたいとも思っていた。あと少しだ。大学生が学問をつづけながら、軍事教練もうけられるというプログラムができ、彼はそれを活用した。これはじつにありがたいシステムで、トールキンは軍事教練の一部を楽しんだ。あいかわらず詩を書きながら猛勉強し、一九一五年六月には最優秀賞をとったが、これはこんにちよりもさらに権威のあるものだった。これを受けられる学生はほとんどおらず、もらった学生はさらに勉学をつづけることを奨励される。

祝賀会がひらかれたが、それも短いものだった。六月に召集の電報がきて、イングランド南岸のフォークストーンからフランスへ出航するよう命じられた。フランス行きとはすなわち出征を意味した。トールキンもエディスも、フランスとベルギーの敗色が濃いのを知っていた。開戦時にいさんで出発した若者たちの軍隊は、すでに粉砕されて見る影もなかった。ブリテン島にも傷病兵のすがたがふえていったが、それは幸運な部類の人たちだった。こんな時局では結婚すべきではないと思う恋人たちもいるだろうが、ふたりはちがった。いまこそ結婚しよう。これ以上待つのはもう耐えられない。

一九一六年三月二十二日、トールキンとエディスはウォリックにある、カトリックの

〈無原罪のおん宿り聖マリア教会《セント・メアリ・インマキュレイト》〉で結婚式をあげた。バーミンガムにあるオラトリオ会で、フランシス神父に式をあげてもらいたかったのだが、そちらはすでに申しこみがいっぱいだった。結婚式は水曜日だった。ふたりとも緊張し、幸福だった。西部のサマーセットでのみじかい新婚旅行のあと、スタフォードシャーの新居におちついた。それからお別れがあり、彼は出征した。

なんという戦争だったろう。そこでは、近代テクノロジーが古代にさかのぼる憎悪と一体化していた。人間は動物と化したが、それは鉄とガスと銃弾をもった動物だった。当初、戦争は一九一四年のクリスマスには終わると考えられていたが、じっさいには何百万もの人間が二度とクリスマスを祝うことがなかった。塹壕《ざんごう》がヨーロッパの景観をめちゃくちゃにし、わずか何ヤードかの土地のために——前日敵にうばわれた土地を奪還するために——何千人もが死んでいった。

武器としてガスが使われたのは、今度が初めてだった。人々は肺がふくれあがって呼吸困難になり、唾液《だえき》に溺《おぼ》れて死んでいった。目が見えなくなって、母親を呼びながら、機関銃の列にむかって歩いていくものもあった。機関銃がこれほど大量に使われたのもはじめ

それは偉大な戦いと呼ばれていた。
だがトールキンと戦友にとっては、偉大どころではなかった

てだったが、事態のわかっていない将校たちはいまだに兵を塹壕の上にのぼらせ、真っ赤な弾丸を肉体でもってくいとめようとしていた。塹壕内での一対一の戦いは、それ自体が武闘だった。傷を深くするため、銃剣その他の武器が考案された。切ったり突いたりえぐったりするためのナイフ、そしてこんぼうやハンマー。まるで二十世紀というよりも中世の武器だった。戦場は泥と血と涙と瓦礫《がれき》に化した。ときにフランス軍が敵に向けて撃つ大砲の音が、何マイルものドーヴァー海峡をはさんで、英国まできこえてくることがあった。それは栄光などというものではなく、グロテスクそのものだった。

トールキンはランカシャーのフュージリア連隊の少尉に任命された。カーキ色の軍服に肩章をつけたさっそうたる英雄のすがただった。が、この軍服も、聖戦の旗印どうように、すぐに泥にまみれ、ずたずたになってしまった。家ではエディスがヨーロッパの大きな地図を壁にかけ、夫の軍がどこにいるのかを追っていた。しかしほんとうははっきりとはわからなかった。新聞よりも軍の宣伝のほうが幅をきかせており、トールキンは秘密保持のために居場所をあかすことはできなかった。

ある意味では前線の男性よりも、妻や母親のほうがつらかったともいえる。女性は毎日、愛する人の負傷や失踪《しっそう》、死を伝える電報が来はしないかと、戦々恐々としていた。エディスもいくつかそうした知らせをうけとっていた。トールキンの妻ということは、弟ヒラリーにとっても近い身内になるからで、ヒラリーはウォリックシャー連隊の兵士だった。彼は何度か爆弾の破片にあたり、そのつど負傷のしらせが届いた。電報片手の少年が自転車で戸口にのりつけるたびに、エディスは死ぬような思いを味わっていた。

だがトールキンは死をまぬがれた。彼の隊は、もっとも多くの犠牲者を出した悪夢のようなソンムの戦いに参加したが、彼はぶじだった。一九一五年の暮れに彼は、不潔な衛生状態に巣くうノミが媒介する伝染病、塹壕熱にかかった。体調が悪くて戦線に出られないということで、やがて家に帰された。うしろめたい気もしたが、彼は持ち分をはたしたのだ。もっとつらいのは、たびたび知人の消息が耳にはいってきて、幾人かは二度と帰ってこないとわかることだった。

陸軍病院で病をやしなっているあいだに、彼は詩や物語を書いた。戦場では地下の塹壕暮らしをみていた。泥や土の下に、小さな穴を掘り、小屋をたてて暮らす。兵士がこんなふうにして生活できるのなら、ほかの生きもの、自分の想像した生きものはどうだろうか。トールキンはまた、平凡なイギリス兵たちのユーモアとしぶとさ、いかなる逆境をもはねのける忍耐力にふかい感銘をうけていた。彼らは、きっといつかはうまくいくだろう、という希望をもっていた。それは港湾労働者や、鉱山労働者、農民、そして店員たちの心の持ち方だった。バーミンガム出身であろうと、ロンドンであろうと、グラスゴーであろうと、あるいはどんなつまらぬ農場の出身であろうと、彼らはみな楽観的であり、ふるきよき常識に信頼をおいていた。トールキンはいつも、ただの英国のトムたち——それが兵士たちをひっくるめて呼ぶ呼び方だった——は、上にたつ将校よりもずっとましな人種だと感じた。そしてトールキンの著書においては、ふつうの平凡な人間が、偉業をなしとげることになる。

エディスは彼のそばについて、回復を助けることがゆるされていた。いっしょに散歩をし、手をにぎりあい、これからよい時代がくることを語りあった。ときどき、エディスがダンスを披露《ひろう》すると、彼はこちらの胸がいたくなるほどのうれしそうな笑みを浮かべるのだった。エディスは歌うこともあり、そうしているときには、美しくよわいを知らないようにみえた。森のなかで彼女がおどったとき、トールキンの『シルマリルの物語』中の物語に霊感がふきこまれた。それは森でおどる不死のエルフ乙女を見て以来、彼女に恋してしまった人間の男の物語だった。

やがて一九一七年の十一月、第一子ジョン・フランシス・ローエルというちいさな子どものかたちをとって、夫妻になぐさめとよろこびがおとずれた。このフランシスという名は、むろん大恩をうけたフランシス神父からもらったものである。フランシス神父は長年目をかけてきた子どもに、さらに子どもが生まれたということを誇らしく思い、わざわざ遠方から赤ん坊に洗礼をさずけにきてくれた。

一九一八年暮れの終戦とともにトールキンは軍務からはなれ、エディスとともにふたたび、それまでは満喫する時間のなかった新生活をはじめた。そしてトールキンの熱望どおり、オックスフォードにもどった。辞書編集者の助手として、オックスフォード英語辞典の初版の製作にあたったが、それはまさに彼におあつらえむきの仕事だった。彼は朝から晩までことばと格闘した。ことばを定義し、起源をさぐり、意味と形と姿をあたえた。

このプロジェクトは一八八〇年代にはじまったものだが、あまりにも気宇壮大で野心的な試みのため、四十年たっても完結していなかった。編纂にたずさわるほかの人々は、一日の仕事が終わるころにはうんざりしきっているのだったが、トールキンはちがった。その日課は彼にぴったりだった。おいしい朝食と昼食、強いタバコをつめたしっかりしたパイプ、仕事場までの往復でじゅうぶんな距離をあるくこと、そしてたまには夕食後にも散歩をすること。それにエディス。いつもエディスがいた。ふたりは熱烈に愛しあっていた。

トールキンはひまな時間に書きものをし、友人やオックスフォード大学の学生に読んできかせた。朗読すること、教えること、考えを他人につたえること、それこそトールキンがやりたかったことだった。彼は教師になろうと考えた。辞書の編纂もおもしろかったが、将来の展望がなかった。プロジェクトが終わったあと、これほどの規模の辞典編纂がまたはじまるという保証がない。しかし、当時のオックスフォード大では、教師の口にあきがなさそうだった。そこでトールキンは一九二〇年、リーズ大学に出願した。リーズ大学は、敬愛する教授ジョーゼフ・ライトの故郷である北部イングランドのヨークシャーにあった。トールキンは面接をうけにゆき、よい手応えを感じたので、オックスフォードへの帰り道にはこれで職が得られたと思った。

教師としての定職が得られるのはうれしいことだったが、リーズがオックスフォードとまるでちがうことは覚悟していた。リーズの町はバーミンガムにそっくりだった。工業都市でせわしなく、美しい田園地帯にかこまれてはいるが、町自体はきれいとはいえない。それでもトールキンはいつもこの町を弁護したし、わたしの著書の熱心な読者にはリーズ出身の学生が多い、といったこともある。まず、トールキンはひとりでリーズに移りすんだ。新学期が始まりかけていたし、エディスが第二子マイケル・ヒラリー・ローエルを生んだばかりだったからである。だが、ほどなく四人は合流し、さいしょはちいさなアパートに住み、それから大学に近いセント・マークス・テラス十一番地に移った。その家とまわりの通りは現在すでになく、トールキンがそこですごした歳月をしのばせるものは失われてしまった。

さほど悪い環境ではなかったかもしれない。が、トールキンの子どもたちは空気を満たしていた化学物質や埃《ほこり》について書いている。そのために、カーテンは六カ月もしないうちにぼろぼろになるのだった。赤ん坊のマイケルを乳母車で外にだしておくと、顔に点々と黒いしみがつき、父親のトールキンは煤《すす》のせいで、日に三回もシャツのカラーをとりかえ

トールキンが学生を教え、中期英語の多くのテキストにとりくんだリーズ大学

なければならなかった。当時のシャツとカラーは別々にできていて、カラーを鋲《びょう》でシャツにとめつける仕組みだった。

リーズ大学では、トールキンは英文学科の主任であるジョージ・ゴードンの下で働き、やがて彼を敬愛するようになった。学生の多くは勉学熱心だが、最高の知性のもちぬしとはかぎらなかった。それでもトールキンは彼らを愛して、いっしょうけんめい指導した。この場所に満足してはいたが、ほかにリヴァプールや生誕の地、南アフリカの教師の口にも応募書類をおくっていた。リヴァプールからははねつけられたが、南アフリカからの答えはイエスだった。しかし、エディスがノーといった。そんなに遠くまで旅をするのはいやだし、子どもたちもまだ小さいのだ。

一九二二年に、カナダ出身のE・V・ゴードンという若い教師がリーズの英文学科にくわわった。ゴードンはリーズで学生だったことがあり、トールキンも短期間だが彼を指導し、気に入っていた。いまやふたりは共通の目的のもとで、ともに働くことになった。ふたつのプロジェクトで、ふたりは協力して仕事をはじめた。ひとつは「中期英語語彙集」で、もうひとつは中期英語の詩『ガウェーンと緑の騎士』の編纂だった。語彙集のほうは

莫大な時間と調査を要したが、この仕事は学者の情熱にふさわしかった。偉大な詩『ガウェーンと緑の騎士』のほうもやはり長丁場となり、一九二五年になってようやく出版された。

ふたりはユーモアを解する点でも共通しており、ヴァイキング・クラブを結成して、童謡をアングロ・サクソン語に翻訳する仕事をはじめたが、それは表向きのことで、クラブの主たる目的はいっしょに飲んだり歌ったり、冒険と英雄的行為にみちた北方の物語を読むことだった。

トールキンはおおむね健康で、一生涯病気らしい病気をしなかったが、一九二三年の初夏には肺炎にかかっている。予後の療養のために、彼は、中西部イングランドのウスターシャーの町イーヴシャムで、小さな果樹園と農場を経営する弟ヒラリーのもとで暮らしていた。トールキンが『失われた物語の書』と呼んでいるものにとりかかったのは、このころである。これはのちに『シルマリルの物語』として知られることになる。だが、それについてはのちにのべよう。

一九二二年、直属の上司であるジョージ・ゴードンがリーズ大学を去ってオックスフォードに移り、トールキンがそのあとをつぐことになった。彼は英文学科の主任となり、弱冠三十二歳にして教授となった。いまでは収入も増え、一家はおおきくて住み心地のよい家にひっこすことができた。だが、大学教授は高給取りとはいえず、ぜいたくはできなかった。

それは幸福な時期で、トールキンは子どもたちに愛と献身をささげる理想的な父親だった。人なかでも愛情をしめすのをためらったことはなく、子どもにキスし、愛しているよといいきかせるのだった。ふたりの男の子とあそび、ぐあいが悪かったりこわがったりするようなときには、夜おそくまでそばについていて、すばらしくおもしろい話をしてきかせた。ときに、それを書きとめることもあった。たとえば『仔犬のローヴァーの冒険』は、なぞの魔術師によって、「月のなかの男」のもとにおくられた仔犬の話である。

一九二四年には第三子クリストファー・ローエルが生まれ、トールキンはとりわけよろこんだ。子どもたちは彼の気持ちをほぐし、世界のあらたな見方をおしえてくれた。平凡なものも子どもの目をとおしてみれば、すばらしいものとなる。トールキンはその考え方をたいせつにした。

トールキン家は幸福に暮らしていたが、オックスフォードへのあこがれは断ちがたかった。一九二五年にアングロ・サクソン語の教授職があき、トールキンは応募した。狭き門だったが、副学長のさいごの鶴のひと声によって、採用がきまった。円環はめぐりおわった。彼は重要な仕事と若い家族と、あかるい未来をたずさえて、オックスフォードにもどっていった。ほぼ順風満帆といっていい、とトールキンは考えた。だが、それははじまりにすぎなかった。

第3章

インクリングスの仲間たち

Inklings

オックスフォードにもどった一家はノースムアロードにひっこし、そこに二十年以上も暮らすことになった。一時期だけ、通りの数ヤードさきのややおおきい家に移ったこともあったが。トールキンは多くの点で保守的な人間で、変化のための変化というものを好まなかった。彼はまた幸運な人間でもあった。というのも、彼の人生はおおむね快いものであったからだ。オックスフォードの教授陣の大半は大学内の官舎に住んでおり、多くがまだ独身だった。妻帯者のトールキンは家族といっしょに暮らし、昼にはしばしば帰宅して食事をとることもできたし、夕食もときには家で食べられた。しかしほとんどの場合、夕食はオックスフォード大学内の大テーブルを、教授陣が囲んでとるものだった。それはちょっとした儀式的もよおしで、食前にはラテン語のお祈りがあり、素朴なイギリスふうの食事ではあったが数品のコースが出て、ワインはイギリスの折り紙つきのワインセラーのものだった。オックスフォードの教授らは〈ドン〉と呼ばれていた。

トールキンは食べたり飲んだりが好きだったが、いつでもやせてひきしまった体をしていた。それは生来の体質にもよるが、熱心にサイクリングにはげんだせいもあるだろう。

むやみに高いサドルの自転車にまたがった彼は、職場までの往復のほかに、講義や公務のために大学構内をも走りまわった。いつでも儀式用のガウンをきており、それが彼の学識と業績の象徴だった。たまに自転車のちいさなかごにそのたっぷりした布が押しこまれていることもあったが、たいていはそれをまとって走りまわり、教授が速度をあげるにしたがって、ガウンはふんわりと帆のようになびくのだった。

トールキンはよい教師であり、学生に人気があった。大教室で講義をうけるだけの学生にせよ、個人的に家にたずねてきて仕事や論文の指導を求める学生にせよ、心から面倒をみるたちだった。オックスフォードの教師のなかには、無味乾燥で退屈、講義には人が集まらないようなものもいる。トールキンはそうではなかった。彼は自分の専門領域のおもしろさを人に伝え、言語と文学に生命をあたえようとした。が、彼は早口で、ときには学生がついていけないこともあった。その原因のひとつは、彼がめったにパイプを口からはなさないことで、ことばはパイプをがっちりくわえた歯のあいだで、いくらか消えてしまうのだ。

だが、彼はその早口のことばのなかに、できるだけ多くの知識をこめようとする熱情も

オックスフォード大学マートン・カレッジのダイニング・ホール。
トールキンと同僚の教授たち（ドンと呼ばれた）がここで食事をした

もちあわせていた。彼は徹底的に講義の準備をし、寝るのが明け方ちかくなることもあったが、講義には、即興もはさみ、自分の意見や考えを織りこんだ。チャイムが鳴っても、トールキン教授がしゃべりつづけていることはよくあった。学生の多くが、つぎの講義に出そびれてもよいから、のこって耳をかたむけたいと思っていた。

学生がとくによろこんだのは、有名な古い英詩『ベーオウルフ』や、それ以前にトールキンがとりくんでいた中期英語の詩『ガウェーンと緑の騎士』の講義である。彼の講義のなかでは、死んだことばがよみがえり、古いものが新たに見なおされ、灰色に見えるものがあざやかな色あいにそめなおされた。

トールキンはわずかなあき時間にも、本を読み、読んだ内容によく注意をはらった。もちろん当時はＴＶもなく、ラジオ番組もそれほど多くはなかった。彼の視野にはまず、はいってこなかった。新聞でさえあまり読まない彼は、今世紀のうつろいゆく流行なぞは、まったく真理の基盤ではないと考えていた。文学と歴史のほうがはるかにおもしろく、重要だと信じていた。これは彼が現代世界に背をむけてひきこもっていたという意味ではなく、さほど重要でない現代の諸相に拘泥《こうでい》するよりも、過去をふかく理解することによって、現代がもっとよく見えるのだと思っていたのである。

トールキンの家は美しい場所というより、居心地《いごこち》のよい場所だった。しばらく彼とエディスはそれぞれ別の部屋で暮らしていたが、それは彼の生活サイクルが変わっていたためもあり、いびきをかくためもあった。書斎は本で埋めつくされていた。椅子の上もテーブルの上も本だらけだった。本がアーチ状につみかさなっていて、そこを通りぬけねばならないこともあった。本、パイプ、紙、ペン、インクつぼ、飲みさしのティーカップ、これから飲むティーカップが、うちじゅうに散乱していた。もちろんパイプの灰をかきおとすための大きなボウルもあった。台所には、毎朝火をたきつける黒いストーブがあり、そこからは大量の黒煙がもくもくわいて出て、道ゆく人をぎょっとさせるのだった。

トールキンの子どもたちは、いつでも父の書斎にはコーイーヌール社の色鉛筆と絵の具の箱があったと書きしるしている。バーント・シエンナ（こげ茶色）とか、クリムズン・レーク（深紅色）とか、ガンボージ（藤黄色）とかの色の名まえもおぼえている。言語。そしてことば。いつも言語とことばがあった。それがトールキンの道具だった。ことばは意味だけでなく、そのひびきも重要なのだ、と彼がいったことがある。もし、ことばに固

オックスフォード大学マートン・カレッジの図書館。
トールキンはマートン・カレッジでつねに幸福であり、
ここは多くの面で、彼の第二の家だった

有の美しさがあるとするなら、絵もまたそうだ。トールキンはスケッチや、絵をたしなみ、なかなかの腕前だった。

外には、トールキンが読書や昼寝、庭いじりをする庭があった。メインの庭につづくちいさな別庭では、エディスが飼っている外国産の鳥が、日がなたのしいさえずりをきかせていた。トールキンは庭いじりが好きだった。苗を植えたり、その成長をみまもったりするのが好きだった。土と風土を愛し、イギリスの郊外が開発されて、田園の暮らしがうしなわれてゆくことに腹をたてていた。子ども時代をすごした野原や農場をおとずれるたびに、そこに宅地開発の波がおよんで、個性も過去のおもかげもなくなっていることにおどろくのだった。

夏の何カ月かのあいだには、子どもとあそぶ時間がもっと多くとれたし、家族で旅行に出かけることさえあった。そのころには、子どもは四人になっていた。娘のプリシラが一九二九年に生まれている。当時はいまほど外国旅行がさかんでなかったので、トールキン一家はイギリスの海岸で休暇をすごすのがつねだった。ほんとうのことをいえば、トールキンは外国語を愛好していたわりには、骨の髄《ずい》までイギリス人であって、国内にとどまるほうを好んでいたのだ。一家のお気に入りはイギリス西部のドーセットや、ライム・レジスや、ミルフォード・オン・シーなどだった。そうした海岸はいくぶんけわしく、水温もかならずしも高くはなく、太陽もそれほど照るわけではなかった。しかしそんなことはどうでもよかった。潮の匂いがし、ここがイギリスの境界であり、なれしたしんだもののはてだと感じられることがたいせつだった。トールキンは、海を見た人はかならず霊感をうけるはずだ、といっていた。

これらの海ぞいの町には、個性があった。ちいさなカフェやティールームがあり、みやげものや絵はがき、かみついた瞬間歯が折れるかと思われるロック・キャンディを売る店があった。それにかならず顔がべたべたになって洗わざるをえなくなる、タフィー・アップルや綿飴《わたあめ》もあった。

家ですごす冬には、とびぬけてすばらしい十二月が待っていた。この季節には、魔法がかたちをとり、あらゆるすみずみに神秘がやどる。クリスマスだ。この季節がトールキン一家にとって特別だったのは、家族が熱心なカトリック信者であったこともあるが、トールキンが子どもの目をとおして世界をながめられる機会でもあったからだ。彼は子どもに

トールキン一家がよく休暇をすごしたライム・レジス

とってクリスマスがどんなものか、よくわかっていた。自分でも、おなじように感じたからだ。それはもちろんイエス・キリストのご生誕を意味している。それは事実だ。しかし、それは世界に真理の光がはいってくることをも意味し、善と幸福が実在して、永遠につづくことを保証するものでもあった。

子どもたちはいつでもファーザー・クリスマスやサンタ・クロースに手紙を書き、返事をもらうことに慣れた。トールキンはファーザー・クリスマスになりかわり、時間をたっぷりとかけて、自分がいま何をしており、これからなにが起きるのかについて、ながくて念入りな手紙を子どもたちにあてて書いた。こうした手紙をまことしやかに書くことに熱中したトールキンは、郵便配達人にむかって——ときにはチップもそえて——これをほんものの手紙のようにトールキン家に配達してくれ、とたのむのだった。

夏の休暇の楽しみとクリスマスの魔法が一年じゅうつづけばよいと思ったトールキンは、この時期に子どもむけのお話を書こうと考えついた。地面のこじんまりした穴や、ちいさな生きものや、たたかいや魔法のお話を。それ以上のことは、あとでお話ししよう。とりあえずまずは、友情についてだ。

C・S・ルイスがさいしょにトールキンを意識したのは一九二六年の五月十一日、ルイス自身が教授をつとめる英語学科の会議の席上だった。「そのあとで、彼と話した」とルイスは日記に書いている。「人あたりがよく、顔があおじろく、話しっぷりのなめらかな、小柄な男だ」あまりよい印象ではなかったらしい——ふたりの文学者のあれほど創造的で偉大な友情のはじまりにしては。

クライヴ・ステイプルズ・ルイスは、通称ジャックでとおっていた。かんたんにジャック・ルイスとよばれた。ルイスを知るひとり——カナダの作家トム・ハーパー——によれば、ルイスは大きな赤ら顔をして、手ぶりがぎょうぎょうしく、声のおおきな、肉屋のような人物だ。だがルイスのような発言をし、ルイスのような本を書いた肉屋はけっしてあるまい。彼は『ライオンと魔女』『さいごの戦い』『魔術師のおい』をふくむ「ナルニア国物語」の作家であり、『悪魔の手紙』『キリスト教について』、おどろくべき「SF三部作」の著者であり、十六世紀文学の分析やロマンス物語史の権威であった。ルイスは一流の学者であり、たいへんな作家であり、今世紀で——いや、おそらく歴史を通じて——もっとも有名なキリスト教の論客にして伝道者であった。

トールキンの親友C・S・ルイス。
仲間うちではジャックとしてとおっていた。
当時の――そしてあらゆる時代を通じて――最高のキリスト教文学者

トールキンは彼と会うすこし前に、オックスフォード大学の教授たちが自分の読んでいる本や書きかけの本、考えていることについて論じあう〈石炭食い《コールバイターズ》の会〉をつくっていた。この会の名まえは、アイスランド語の「コルビタール」からきており、冬のあいだ、暖炉の石炭にかみつかんばかりに火にちかよりすぎる人たちのことをさしていた。会の趣旨は、スカンディナヴィア半島や北欧の神話・文学に関心をもつものが集まって、それぞれ興味のあることを話しあい、火のそばにすわってうちとけあうことであった。

ほどなく、少数の専門家以外の人たちもくわわり、そのひとりがジャック・ルイスだった。彼は北欧伝説について無知だったわけではなく、生涯の一時期にはその熱烈な信奉者であり、北方からインスピレーションと心のよりどころを得ていた。だが金髪の神々は、ルイスほどの機知と学識のもちぬしには、役不足だった。ルイスはやがてキリスト教徒になる。ルイスは自分で、これほどしぶしぶ回心したものもいなかったろうと書いているが、それでも彼はキリスト教の信仰を、おどろくべき強靭《きょうじん》さと叡知《えいち》をもって保ちつづけた。

トールキンとはちがい、ルイスは英国国教会の信者だった。カトリックの教義のいくつかを信じていたが、けっしてカトリックには転向しなかった。北部アイルランドでプロテスタントとして育った彼は、幼時、熱心な信者ではなかったが、それでもカトリシズムに対する偏見をもちつづけていたのかもしれない。北部アイルランドは当時もいまも、かなしいことに二派に分かれてあらそいつづけ、流血の惨事《さんじ》までひきおこしている。トールキンはのちにこうなげいている。「わたしがルイスに、プロテスタントのひとりが処刑された話をしたら、彼は何をおいてもできるかぎりの援助をしただろう。けれどもカトリックの司祭が殺された話をしたら、けっしてそれを信じないだろう」と。

ルイスは生涯のほとんどを独身でとおし、やはり作家であった兄のウォーニーといっしょにくらしていた。実際、当時の典型的なオックスフォード大学教授の世界は、圧倒的に男性優位であったから、トールキンの妻エディスはかなり苦労した。教授が家族をつれて出席する、公の集まりは、オックスフォードのアカデミズムの中での成功には欠かせないものだったが、エディスにとってそれは、いつも気の重い行事だった。だが、ジャック・ルイスはべつだった。彼はよくトールキン家にまねかれ、ふたりはしだいに親しみを深めていった。このきずなは大学の同僚としても強まり、ビールとタバコ仲間としても、笑いあい、こみいったジョークをやりとりする間柄としても強まっていった。ふたりをかこむようにして〈石炭食いの会《コールバイターズ》〉のほかのメンバーがおり、これがのちにインクリングスの集まりとなった。

この会の名まえは長年、会員のなやみの種となり、なかにはいったいどう意味で、なぜその名がついたのかよくしらない人もいた。トールキンの言によればこれは、インクで仕事をする人間で考えが半分しかまとまっていない、というか、生煮え状態にある人間をさす語呂合わせだという。この会は一九三〇年代の中頃から一九四〇年代の終わりまでつづき、会合の場所はたいていモードリン・カレッジにあるルイスの部屋だった。参加者は十人から十五人で、ネヴィル・コグヒル、ヒューゴー・ダイソン、ロード・デイヴィッド・セシル、コリン・ハーディー、そしてのちにチャールズ・ウィリアムズがくわわった。トールキン、ルイス、そしてウォーニーが固定メンバーだった。会はしばしば深更《しんこう》におよび、シェリーやポートワイン、ビールがふるまわれた。だれかが進行中の自作を朗読すると、ほかの出席者はそれにたいして、何カ月もの労作をよみあげた当人にとっては、はなはだ無理解なコメントをするのだった。

ヒューゴー・ダイソン。
インクリングスの仲間であり、オックスフォード大学マートン・カレッジの
教師仲間であり、トールキンの友人だった。

ヒューゴー・ダイソンはレディング大学の教師であり、オックスフォードではマートン・カレッジのチューターだった。チューターとは、大学教員であるが、自分に登録した学生に対して、勉強の指導をするような存在である。ダイソンは、ルイスのキリスト教への回心にひと役買った人間のひとりでもある。ネヴィル・コグヒルは作家で評論家、一九五七年にマートン・カレッジの英語学の教授になる。ロード・デイヴィッド・セシルはほかのものほど、ひんぱんに顔をだしたわけではなく、オックスフォードのウォダム・カレッジとニュー・カレッジでフェロウをつとめ、多忙をきわめていた。フェロウとは大学の特別研究員のようなものである。コリン・ハーディーは一時期、ローマのイギリス人学校の校長をしており、モードリン・カレッジのチューターでもあった。チャールズ・ウィリアムズがこの会にくわわったのは後期になってからで、才能ある作家として『万霊節の夜』『ライオンのいる場所』などを書き、これらは古典といってもよい作品であるが、いくぶん過小評価されている。トールキン本人も、過小評価のがわにまわることが多かった。

トールキンは友人たちの作品にたいし、ときにはきわめてきびしい批評家にもなった。それが彼の役割だった。ルイスの『ライオンと魔女』の場合にもいろいろと文句をつけ、

トールキンがオックスフォードで文学博士の学位を得たとき、
スピーチをしたコリン・ハーディー。
彼も言語学者であり、インクリングスのメンバーだった

とりわけファーザー・クリスマスが子どもたちへの特別な贈り物をもって、物語に登場してくるシーンが不満だった。神話と伝説をこんなふうにまぜこぜにしてはいけない、とトールキンはいった。ふつうの人間が住んでいないような空想の国をつくり、そのあとでそこに人間が出てくるのは、おかしいじゃないか。だが、ルイスにとってはおかしくなかった。その後の何世代にもわたるルイスの読者にとっても、おかしくはなかったのである。

インクリングスのメンバーの幾人かは、火曜日の朝に〈鷲と子ども《ザ・イーグル・アンド・チャイルド》〉という名の、だが常連には〈鳥と赤ちゃん《バード・アンド・ベイビー》〉でとおっているオックスフォードのパブに集まることがあった。この会合は大学での本会よりも気楽なもので、トールキンはこれを楽しんでいた。書きかけの自作を朗読するときは、少々緊張しながらも、友人たちがなんといってくれるかを聞きたくてたまらないのだった。友人たちの意見を尊重しており、彼らがおせじをいわないことをよく知っていた。ホビットというちいさな生きものが穴から出てくるように、トールキンの物語群も隠れ家から出てこようとしていた。このインクリングスの集まりで、トールキンは自分の考えを吟味し、物語をつむぐ技術をとぎすませていったのである。

オックスフォードの〈鷲と子ども〉亭。
トールキンやインクリングスのメンバーには
〈鳥と赤ちゃん〉亭でとおっていた

ルイスの兄ウォーニーは、こんなふうに日記にしるしている。「半ダースくらいの人間が集まるとお茶が出てきて、さていくつかのパイプに火がはいったころ、ジャックがこういう。『だれか、自作を読む人はいませんかね』。すると、原稿が出てきて、みんな腰をおろして、それに対する判定をくだそうとするのだった」

この会の独身メンバーたちとはちがい、トールキンは家族との交流にも時間をさかなければならなかったので、あまり長居はできなかった。ルイスが、ユダヤ系アメリカ人で、キリスト教に回心したジョイ・デヴィッドマンとようやく結婚したときには、彼もまた大勢の仲間とのつきあいをへらさざるをえなくなった。トールキンとすごす時間もへった。トールキンとエディスは、ジョイのことをさいごまで理解できなかった。彼女は、当時のイギリスの中流階級の雰囲気からあまりにもへだたっていたのである。だが、トールキンとルイスは親友でありつづけた。ふたりはいっしょに長い散歩をし、個人的なことがらについても、哲学的な問題についてもつっこんだ議論をした。ふたりして、オックスフォード大学の英語学のカリキュラムを全面的にみなおし、古期中期の英語の比重をふやして、学生がもっと興味をもてるように組みなおした。

HARA

ファンタジーワールド

FICTION & REFERENCE

スモーグとの会話(『ホビット』より)

表示価格は税別

振替・00150-6-151594
☎03(3354)0685/FAX03(3226)7950
原書房
http://www.harashobo.co.jp
〒160-0022 東京都新宿区新宿1-25-13

図説 アーサー王物語

アンドレア・ホプキンズ著
山本史郎訳

すべてのファンタジーの原点「アーサー王伝説」の神秘と奇跡と冒険に満ちた世界が、美しい図版とともに、読みやすく魅力あふれるストーリーに構成された決定版！

Ａ５判・3107円
ISBN4-562-02668-5

図説 アーサー王伝説事典

ローナン・コグラン著
山本史郎訳

アーサー王世界を織りなすさまざまな人物や物、「聖杯の探究」などの事柄までを知ることのできる事典。豊富な図版とともに描く決定版!!

Ａ５判・3689円
ISBN4-562-02834-3

サトクリフ・オリジナル4　（'01年9月刊）

トロイの黒い船団　イリアスの物語（仮題）

ローズマリ・サトクリフ／山本史郎訳　最高の美女へ贈られた金のりんごに始まるトロイア戦争を名手サトクリフが物語る。挿絵＝アラン・リー。　四六判・1800円（予価）

サトクリフ・オリジナル5　（'01年9月刊）

オデュッセウスの冒険　オデュッセイアの物語（仮題）

ローズマリ・サトクリフ／山本史郎訳　トロイ陥落後、故郷をめざすオデュッセウスが経験する10年に渡る放浪と冒険の物語。挿絵＝アラン・リー。　四六判・1800円（予価）

トールキン 『指輪物語』を創造した男　（'01年9月刊／仮題）

マイケル・コーリン／山本史郎訳　20世紀最大のファンタジー作家の生涯と創作の内側を、共感にみちた筆致でたどる。貴重な写真はファン必携！　四六判・1800円（予価）

原書房の単行本◎好評既刊・新刊

不測事態を予測事態にするコツを伝授！

情報と危機管理

地域の危機管理の方法

山口真道著

行政マネージメントを中心に、インフォメーション＝第一次情報の収集分析から、行動の規範になるインテリジェンス＝第二次情報の創出方法、そして危機管理の手順の基本を解説。　**A５判・3200円**

なぜ特攻が行われ数千の青年が死んでいったのか

特攻の真実

命令と献身と遺族の心

深堀道義著

〈特攻〉はなぜ行われたか。死地へ送り出す論理、散華した若者たちの心理、天皇＝統帥権を頂点とする特異な時代の軍官僚の体質を描き、現代に繋がる日本人の問題として問い直す労作。**四六判・1800円**

極めて現代的課題を含む第一級の歴史的史料完訳！

魔性の煙霧

第一次世界大戦における化学戦争

ルッツ・F・ハバー著　佐藤正弥訳
井上尚英日本語版監修　志方俊之序文

第一次大戦の化学戦のドイツの実質的任者で、アンモニア合成で高名なフリッツ・ハバーの子息が、可能な限りの資料を渉猟、列国の軍事・医療・産業を総合した唯一画期的な歴史。　**A５判・15000円**

漢民族社会実態調査

大観園の解剖

佐藤慎一郎著
伊達宗義解説　鳥村和彦編

満州国建国十年後のハルビンに、王道楽土の理想に背き存在した、敗残の漢人たちの魔窟・大観園へ、満州国総務庁勤務の著者が単身潜入し調べ上げた、闇社会の実態報告を新組で復刻。　**A５判・2800円**

堂々三部作完結！

ローズマリ・サトクリフ

山本史郎訳

美しくも神秘的で、魔術的な物語。

サトクリフ・オリジナル　**アーサー王と円卓の騎士**

四六判・1800円　ISBN4-562-03391-6

サトクリフ・オリジナル2　**アーサー王と聖杯の物語**

四六判・1600円　ISBN4-562-03396-7

サトクリフ・オリジナル　**アーサー王　最後の戦い**

四六判・1600円　ISBN4-562-03408-4

ケルト歴史ファンタジーの金字塔、ついに完訳！　恋と冒険、そして壮絶な戦いを生き生きと描く。骨太な構成と豊かな詩情、まったく新しい「新」アーサー王物語登場！

推薦!!

阿刀田高さん

新井素子さん

松本侑子さん

アーサー王物語伝説 魔術師マーリンの夢

ピーター・ディキンスン著
山本史郎訳

アーサー王伝説に登場する謎の魔術師マーリンが岩の下に封じ込められ、深い眠りの中で見る夢の物語。アラン・リーの美しい挿絵とともに織りなすケルト幻想物語の傑作!! Ａ５変型判・1900円

ISBN4-562-03321-5

ヴィジュアル版 妖精たちの物語

ビアトリス・フィルポッツ著
井辻朱美監訳

絵で見る妖精のすべて——妖精の国、姿、種類から、仕事や遊び、人間とのかかわりについて、ラッカムほかの美しいフルカラー図版とともに、妖精の魅力のすべてを伝える決定版! 菊判・2400円

ISBN4-562-03312-6

ケルト妖精物語 I・II

ジョーゼフ・ジェイコブズ著
山本史郎訳

不思議に満ちたファンタジー世界を、あざやかな語り口と魅力的な挿絵で贈る。フェアリーテイルの原型を確立した古典、オリジナル・ゲール語から採取された決定版の完訳!! 四六判・各1800円

ISBN4-562-03223-5/ISBN4-562-03224-3

ルイス兄弟は、オックスフォードのルイスの書斎のふるい革張りのアームチェアにながながと身をのばし、あおむいてルイスの朗読にききいっているトールキンの姿をなつかしく回想している。トールキンがその姿勢からやおら前に身をのりだし、おもにカトリックの教義に関してだが、するどい意見をのべたり、ルイスの言葉に反論したりすると、その小柄な身体に火がはいったようになるのだった。すると仲間たちはみんなして大笑いした。ルイスはよくトールキンに手持ちのタバコをすすめたが、トールキンは自分のタバコにこだわっていた。ときどきルイスにむかって、もうすこし部屋を掃除したまえということもあった。灰をじゅうたんにすりこんだり、まるめた紙片をすみっこに投げつけるのはまずいよ、とトールキンはいった。ルイスはそれを無視して、〈鳥と赤ちゃん《バード・アンド・ベイビー》〉亭、または別のパブ〈東門《イースト・ゲート》〉に行こう、ともちかける。いつもそうなのだった。

つぎの章でくわしくとりあげるが、『ホビット』が出版されると、ルイスはこれをみとめたばかりか、大いに感銘をうけた。彼はロンドンの「タイムズ」誌に手紙を書き、「これを児童書とよぶ根拠は、読者が初回にそれを読むのが子ども部屋でだ、ということ以外にないことを理解すべきです。『ふしぎの国のアリス』は子どもたちにはおおまじめにうけとられ、おとなには大笑いとともに読まれました。ところが『ホビット』は、一番年下の読者にこそ、もっともおかしいものとしてうけとられ、十回、二十回と読みかえしたあとでは、なんというたしかな学識とふかい思いいれが、この本のすべての部分をゆたかにし、親しみやすくし、そして独得の真実をもたらしているかに気づきはじめるのです。予言することは危険でしょう。でも『ホビット』は古典と呼ばれる作品になるはずです」

もちろんルイスのいったとおりになった。だが、『ホビット』やその他のトールキンの作品が古典になるというなら、ふたりのあいだの友情もまた古典になったというべきだろう。ルイスが一九六三年——ケネディ大統領とおなじ日に——亡くなったとき、トールキンはひどく落ちこんだ。ルイスは苦しいときの友であり、まことの友であった、とトールキンは、この素朴なジャック・ルイスについて書いている。彼のことは惜しんでもあまりあり、わたしはけっして彼を忘れないだろう、と。

トールキンはルイスにとってよき友であり、ほかの人々にとってもそうであった。というのは彼には友人になる才能があったからである。彼にとって真の友情とは、いつでも相手が必要とするときに役に立てる、ということだった。インクリングスのメンバーのひとりが朝食前にドアをノックして、共通の友人がこまったことになっている、というとする。トールキンはすぐにいつものツイードのジャケットとフランネルのズボンをきこみ、ポケットにパイプとタバコ、お金をつめこんで、戸口から飛びだすだろう。相手に同じようなことを求めているわけではなく、人のためにしているというつもりもなかった。以心伝心さ、と彼はいつもよくいっていた。

トールキンの学生のなかには、のちに彼の友人になったものもいた。これは彼の人間としてのあたたかみだけでなく、教師としての優秀さの証明でもある。ひとりはメレディス・トムプソンで、トールキンの家族にはメリー・トムとよばれていた。カナダ出身でマニトバのウィニペグ大学から、一九三〇年代にオックスフォードに留学し、のちに北米でひじょうに尊敬される教授になった。

シモンヌ・ダルデンヌも一九三〇年代にオックスフォードに留学し、のちに故郷のベルギーで教授になった。彼女とトールキンは文通で友情を持続させていたが、この知的で感受性ゆたかな女性の手紙によって、トールキンは来たるべき戦争と混沌の恐怖について、いちはやく知ることができたのだった。トールキンの手になる手紙を見れば、アドルフ・

ヒトラーとナチズムがいかにいまわしいものであるかを、全世界がこの総統を嫌悪するのに先立って、よく知っていたことがうかがえる。やがてドイツ軍はダルデンヌの村を占拠し、シモンヌたち地元民は、同盟軍のパイロットが脱出してイギリスに帰り、再度飛びたてるよう手助けをした。トールキンは戦後、彼女のもとをたずねており、ベルギーには終生かわらぬ好意をおぼえていた。これこそ国としての正しいおおきさだ、国というものはいつでもおおきくなりすぎる危険をはらんでいるからね、とトールキンはいった。

エレーヌ・グリフィスももと学生で、のちにトールキン家の友人となった。彼女はよくトールキンの子どもたちをちょっとした遊びや楽しみにつれだしてくれ、エディスとトールキンの信頼できる友人となった。だが、トールキン作品にたいする彼女のもっとも重要な貢献は、べつのところにある。グリフィスは原稿を、ロンドンにあるジョージ・アレン&アンウィン社という出版社の社員スーザン・ダグネルに貸しだしたのである。こうして、トールキンがずっと心にあたためつづけていた本が、注目されることになった。出版社がわは感銘をうけた。広大な読書界もまた感銘をうけることになる。その本のタイトルは『ホビット』だ。

第４章

地面の穴

A Hole in the Ground

奇妙なことだが、トールキン自身も、『ホビット』を書き出した正確な年については思いだせないでいる。一九三〇年より後で、一九三五年より前ということはたしかだが、それ以外のことは曖昧模糊《あいまいもこ》としている。「白紙の答案の裏に、わたしは走り書きをした。『地面の穴に、ホビットがひとりすんでいました』と。なぜ、そんなことを書いたのか、当時もいまもよくわからないし、数年は『トールの地図』の仕事にかかりきりだった。だが、一九三〇年代に、それが『ホビット』になったのだった」。おそらくトールキンは、それまでずっとその本を書きつづけていたのだろう。いくつかのメモやら、走り書きやら、ベッドサイド・ストーリーといったかたちでちらばっていたものだ。自転車通勤のとちゅうに、突然ひとつの考えが頭をかけぬけた。これを一冊の本にして、出版できるだろうか。はたして人に読んでもらえるだろうか。たぶん、だめだろう。

これを読んだことのない人——なんという楽しみとわくわくがあなたをまちかまえていることか——のために、あらすじを書いておくとしよう。ビルボ・バギンズは、あたたかく居心地《いごこち》のよい家にいることで満足するホビットのひとりだった。野心をもちあわさず、栄光にも冒険心にも縁がなかった。要するに、ただのホビットだったのだ。ホビットがなにかって？ ホビットとは、身の丈が二フィートから四フィートの、足にふさふさ毛が生えた生きものである。

ある日のこと、パイプをふかしていたビルボのもとに、見なれぬかっこうの老人がたずねてくる。それは身をやつした善き魔法使いガンダルフだった。ガンダルフはビルボを冒険にさそいにきたのだが、ビルボは多少そそられはしたものの、出かける気にはなれなかった。彼は、あしたまたお茶でも飲みにおいでください、といって、魔法使いをていよく追いかえす。これでやっからばらいしたつもりだった。

翌日、ほんとうに玄関のベルが鳴り、あらわれたのはガンダルフならぬドワーフたちだった——それもおおぜい。ドワーフたちはすぐにくつろいで、食べもの、飲みものを要求したうえ、みるみる数が増えてゆき、あつかましさのかぎりを尽くしたので、あわれなビルボはとほうにくれる。そこへガンダルフが到着した。すべてはガンダルフのしくんだことだった。ビルボの玄関扉に「当方、しのびのもの（ビルボにとっては寝耳に水）、仕事もとむ」とのしるしをつけておいたので、いま邪悪なドラゴン、スマウグのもとにある自分たちの宝をとりもどそうとしていたドワーフたちは、渡りに舟と、この人材に飛びついたのであった。

ドワーフは一般にずんぐりして、たくましい——ホビットよりもずっとがんじょうにできている——ので、ビルボはすこしばかりおじけづく。だが、彼らが山々やら、ドワーフの歴史やら黄金らの歌をうたいだすと、ビルボはなにやらおちつかなくなった。興奮でぞくぞくしたのだ。それでもまだ、これはドワーフの冒険であって、ドワーフにまかせておこうと考えていた。そしてビルボは眠りにおちる。だが翌朝、目をさましてみると、いつのまにやら、ドワーフがひと足さきに出発して《緑竜亭》で彼と待ちあわせる、という取り決めになっていた。いやもおうもなく、ちいさなホビットは出かけることになる。

十三人のドワーフとビルボとガンダルフは、遠くの——おそろしいスマウグのすむ——《さびしい山》へと旅をし、道中ひっきりなしに危険な目にあう。あるときは、トロールにくわれそうになり、朝日の光でかろうじて救われる。トロールは闇と夜の生きもので、夜明けがくると、石になってしまうのだ。つぎに援助の手をさしのべてくれたのは、エルフたちと《避け谷》にある安全な館のぬし、エルロンドだった。

危険はあとを絶たない。オーク鬼と同じほど有名なゴブリンにも襲われ、ガンダルフの強大な魔法で命からがら逃げのびる。このおそるべきやからから逃げているあいだに、ビルボはたまたま、ぶきみなぬらぬらした生きものゴラムの持つ特別な指輪を手に入れる。ゴラムは指輪をとりもどすために、ビルボを殺そうとするが、ビルボはこの指輪をはめれば、姿が見えなくなることに気づく。この指輪は、ご承知のとおり、トールキンのべつの本の主題になる。

災難はさらにつづく。《さびしい山》にむかうとちゅう、旅の一行は野生のワルグつまり、オーク鬼の一味である邪悪なオオカミたちにおそわれる。ビルボたちは勇敢にたたかうが、木の上に追いあげられてしまう。そこに何羽かのワシがあらわれ、みんなを安全な場所に運んでくれる。それから暗い森をぬけ、また敵におそわれる。こんどは巨大なクモだ(子どものころトールキンが、南アフリカでクモにかまれたことを、おぼえておられるだろうか?)。ビルボはいさましくたたかい、旅のなかで勇気をかちえ、ひとまわり成長してゆく。彼はドワーフたちの尊敬をもあつめるようになるが、それこそガンダルフがビルボを冒険の旅にさそいだしたときに、もくろんでいたことだった。

ドラゴンとのたたかい、とらわれの身から、脱出へ。それはこんなふうに起こる。スマウグが火を噴きながら、空をわたってゆくと、弓の名手がドラゴンを射落とす。矢は、この射手が年老いたかしこい鳥からきかされていた、ドラゴンのたったひとつの弱点に突き刺さったのである。そこでビルボがまたもちまえのしぶとさを発揮し、仲間割れしてあわやたたかいに及ぼうとしていた、味方の二勢力を仲なおりさせる。彼らは力をあわせて、邪悪なコウモリ、オーク鬼などの怪物の大軍にあたる。とりもどした宝のなかから、ビルボは分け前として、ポニーの背に積めるだけの金銀をもらう——それ以上もらってもよかったのだが。そこで彼は、自分のふるさとのいなか、愛する村にもどることにする。

ビルボが帰りついたのは、彼の家財道具一式が競売にかけられようとする直前だった。あまりに長く家をあけていたので、みんなに死んだと思われていたのだ。ビルボはふたたび身をおちつけるが、それは以前とおなじ生活ではなかった。彼はすっかり別人になり、ホビットたちもそのことに気づく。ビルボは指輪を手もとにおいておき、詩を書き、友人や親類縁者と時をすごす。すべてはめでたくおさまった。だが、これで、彼の物語が終わりになるはずはない。

そのとおりになった。だが、それはとりあえず悪いスタートではなかった。『ホビット』は一九三七年の九月二十一日に出版され、まずまず好評だった。ロンドンの「タイムズ」紙は「おとなになっても幾度となく読みかえせるような児童書を愛好するものにとっては、その星座にきらめく新星がくわわったというべきだろう。『たのしい川べ』の冒険が好きな人には、J・R・R・トールキンの『ホビット』もおすすめだ」と書いた。

影響力のたかい、この新聞はさらにつづける。「本書では、これまでに結びつけられたことのないたくさんのよいものが、一堂に会することになった、というのが真実であろう。ユーモアのセンス、子どもへの理解、学者の神話研究と詩人の解釈の幸福な混合などだ。谷の入り口で、トールキン教授の作り出した登場人物のひとりが『エルフくさい匂いがするぞ』という。エルフの匂いをかぎわけられる作家がもうひとり出てくるまでには、このさき何年もかかるのではなかろうか。トールキン教授は自分が発明したものはなにもない、という調子で書いている。しかしここにはトロールやドラゴンの研究では最前線であるという自信がみなぎっており、それはべらべらまくしたてる「独創性」のオンパレードに匹敵するものだ。地図(ルーン文字つき)はすばらしく、この地域を旅するおさない読

トールキンを一躍有名にした『ホビット』。
子どもの本として書かれたが、あらゆる世代をとりこにした

者には、心づよい味方といえるだろう」

この地域を旅するおさない読者。この地域を旅するおとなの読者。ああ、ここをビルボやガンダルフ、ドワーフたちとともに旅することは、なんという恩恵、なんという喜びだろうか。彼らと一杯くみかわし、彼らの武勇伝や自慢話に耳をかたむけ、むこうの茂みからいきなりあらわれる暗黒の敵におびえて、いっしょに身をかくすことさえもすばらしい。『ホビット』の本の扉は、年ふりた城の巨大な扉のようだ。なかにはいれば、想像の世界が待っている。

この本を書きあげるのに、トールキンがあれほど長い年月を必要としたのは、ふしぎである。さいしょに出版社の社長スタンリー・アンウィンに原稿をみてもらったときも、それはまだ未完成だった。アンウィンはしかしそこに可能性をみてとった。少なくともアンウィンの息子はそうだった。賢明なアンウィンは、子どもの文学のよしあしを論ずるのは、子ども自身にしくものはないということを知っていた。彼は原稿を、十歳の息子レイナーにみせた。レイナーの感想文はつぎのようなものだった。「ビルボ・バギンズはホビット穴に住んでるホビットで、冒険にいったことなんかなかったんだけど、さいごに魔法使いのガンダルフにせっとくされた。ゴブリンや化けもののオオカミとたたかうハラハラ、ドキドキのあと、《さびしい山》につく。そこをねぐろにしてるドラゴンのスマウグをころして、ゴブリン軍とすごいたたかいをやらかしたあとで、うちにかえてくる――もりだくさん！　地図が正確だから、さしえがいらないし、いいお話で、五歳から九歳までの子どもにはウケると思う」

レイナーはリーディング代として一シリングもらったが、おとうさんにつづりのまちがいを吐《しか》られたかどうかはさだかでない。おさない子どもにしかウケないだろう、という意見にも、おとうさんは異論をとなえたかもしれない。それをすぐ手にとったのは、おさないどころか、ティーンエージャーやおとなたちだった。トールキン自身は、好意的な書評や反響のおおきさにびっくりしていた。彼の手もとには、一シリング以上のものがころがりこんだ。たとえば、一九三八年度のおおきな文学賞をもらったし、その賞金は五十五ポンドもあった。トールキンの子どもたちは、父親が朝食のテーブルで封筒をひらき、中から出てきた小切手をすぐにエディスにわたして、医者の支払いをすませるようにいったのを、おぼえている。

もちろん、『ホビット』を気に入らない人間もいるにはいた。ひとつふたつの書評は批判的で、オックスフォード大学自体はほぼ無関心だった。オックスフォード大学は当時からいまにいたるまで、商業的大衆的な成功をうさんくさいものと考えている。トールキン自身、「ナルニア国物語」で成功したあと、その人気がC・S・ルイスをいくらかだめにした、というようなことをいっている。だが、『ホビット』の初版はクリスマスまでに売りきれた。ホートン・ミフリン社はこの本のアメリカでの発売権を買いとり、またしても大成功をおさめた。アメリカにおける書評も好意的で、『ホビット』は最良の児童書にあたえられる、「ニューヨーク・ヘラルド・トリビューン賞」を受けた。

だが、本の成功はトールキンにさして影響をあたえなかった。収入はありがたいもので、一家をくるしめていた請求書の何枚かを払うことができた。だが、トールキンはやはり学者であって、夫であり、父親であった。エディスは、夫が作家として有名になることで、一家のプライバシーがうしなわれるのを心配した。もちろん当時は、愛読者が作家を追いかけまわすというようなことはなかったし、トールキンのもとにはファンレターが届きはじめていたが、返事を書くのは彼の楽しみであり、なかには何通か、彼のインスピレーションをかきたてるものもあった。

子どもたちは成長してゆき、父親が何をしたのか、どのような人物なのかを徐々に理解するようになった。なにしろトールキンが自分の文章をタイプさせたのだから、そうならないわけがない。子どもたちはタイプがうまいわけではなく、ひとさし指二本だけでなんとか用をたした。学校でガラスがわれて右手にけがをしたマイケルは、気の毒にも『ホビット』の一部を左手だけでタイプしなければならなかった。

『ホビット』が成功したいま、トールキンの課題は、つぎになにをすべきか、であった。作家にとって、一冊の失敗は作家生命の終わりを意味するが、成功すればつぎの作品を書かねばならない。読者はトールキンのふところからなにが出てくるかを楽しみにしていたし、出版社は次作をとせっついた。トールキンは「農夫ジャイルズの冒険」をふくむ子どもむきの物語集や『ブリスさん』『シルマリルの物語』などを出版社におくってみた。最後の本は、物語や史実のみごとな集大成で、彼の死後、息子のクリストファー・トールキンが編纂《へんさん》し、完成させることになる。

トールキンは出版社の社長スタンリー・アンウィンと最初の正式なうちあわせをしてお

り、ふたりはたがいに尊敬しあっていたにもかかわらず、話はあまりかみあわなかった。アンウィンは酒もたばこもやらないが、トールキンはそうではなかった。おくっていただいたものは出版できない、とアンウィンはいった。あれにもよいところはありますが、大衆はもっとホビットの話をききたがっているのです、と。このコメントは、トールキンにはありがたかった。彼はアンウィンにあてた手紙で、相手の批評、とくに、自分にとってきわめてたいせつなものであり、生涯かけて構築していくべき『シルマリルの物語』についての意見にたいする感謝をのべている。

やがてトールキンの仕事は、腰をおちつけて、ビルボのあたらしい本を書くことにさだまった。だがビルボは、もはや冒険にでることなく生涯を終わる――と『ホビット』には書かれている。夜おそくいつものように仕事をするため、書斎にひきこもったトールキンは、別のホビットものを形にする方法を考えた。おおきなティーカップをかたわらに、おそらくはそこにお気に入りのジャムをのせたトースト一枚もそえて、卓上にはパイプを一、二本ならべ、トールキンはビルボの身内のホビットをつくりだし、子どもたちのテディベアにちなんで、ビンゴという名まえをつけてみた。さいわいに、このビンゴという名

トールキン自身は『シルマリルの物語』を完成できなかったが、
息子の手で完成されたことに、さぞ満足しているだろう

まえをトールキンは最終的に気に入らなくなり、名まえはフロドに変わった。

いったん生命をえはじめると、本は子どもというよりむしろおとな向きの本となっていった。トールキンはアンウィンにあてた手紙で、そのことをつつみかくさずうちあけた。けっこうです、しかし、もうすこしスピードをあげていただきたいのですが、というのが返事だった。

だが、トールキンには大学の講義もあった。それに、息子のクリストファーが重い心臓病にかかって外出できず、おおむね家で寝ていなければならなかった。つねに子ぼんのうな父親だったトールキンは、息子のそばについていて、本を読んでやったり、体をささえたり、せわをしたりした。出版社は待つしかなかった。世間も待つしかなかった。

それは一九三〇年代後半のことで、ヨーロッパ上空には不吉な雲がかかりかけていた。アドルフ・ヒトラーが一九三三年ドイツで政権をにぎり、そののち近隣諸国をまきこんで、ユダヤ人、キリスト教徒、障害者、政敵らの迫害をつよめていった。トールキンは、ふだんおだやかで寛大な人間にしてはめずらしく、ヒトラーをはげしくにくんだ。それはトールキンが、ドイツとドイツが真に象徴しているものを愛していたからだった。世界に多くのものをもたらした北方的精神が、あの愚かでおそろしい男によって、ゆがめられ、ひきさかれて、まるでべつのものになってしまった、とトールキンはいっている。

第二次世界大戦がはじまったとき、トールキンはもちろん出征年齢をすぎていたが、四十七歳でもなにか大義のためにできることはあると考えた。そこで空襲警戒の任について、オックスフォードの通りをみまわり、ドイツ空軍がターゲットを探しにくくするため、カーテンをぴったり閉めて灯火をもらさないよう、民家を指導してまわった。子どもたちについていえば、長男のジョンは一九三六年から一九三九年まで父親とおなじエクセター・カレッジで学んだあと、ローマ・カトリックの司祭になることを決めていた。二十二歳のジョンがローマで司祭になるための研修をつんでいたとき、ドイツ軍が、市中に入りこみ、ふえていった。イギリスの若者にとって、ここにいるのは得策でないと思ったジョンは、五日かけてパリにたどりつき、運よくさいごのフランス船で帰ってきた。ジョンとその仲間の学生は、戦争が終わるまでイギリス北部ですごし、ジョンは一九四六年初頭にようやく司祭に任命された。

弟たちは入隊していた。二十歳になったばかりのマイケルは陸軍で、イギリス防衛の任務につき、のちにフランスとドイツに転戦した。重病から回復したクリストファーは、まだ十代後半だったが、王立空軍でパイロットの訓練をうけていた。ふしぎなことに、彼はその訓練の一部を、父親の生誕の地である南アフリカでもうけている。末っ子のプリシラは十歳くらいだったが、うちにのこって、エディスをたすけた。

トールキンはこの時期、軍隊にたいして、何度か特別講演を行なっているが、それ以外はあたらしいホビットの本にとりくんでいた。開戦直前、イギリス首相ネヴィル・チェンバレンが平和を保ちたいというかすかな希望にかけて、ヒトラーと協定をむすんだころ、トールキンはあたらしい本のタイトルを考えついた。『指輪物語』である。

戦時中はいろいろとほかの仕事もあり、あまり執筆はすすまなかった。トールキン一家は食糧をまかなうために、ニワトリを飼った。ドイツ海軍による封鎖と、イギリス陸軍海軍に食糧をまわすために、市民の基本食糧は配給制になっていた。トールキン一家は下宿人をおき、ドイツ軍の爆撃で大都市から疎開してきた人たちを泊めた。オックスフォードの町自体には、けっきょく空襲はなかった。トールキンはのちになって、自分が徹底的にみまわりをしたから、空襲は起きなかったのだ、とよく口にした。

トールキン教授。1955 年

ほかの町はそれほど幸運ではなかった。コヴェントリーは一夜、ドイツ軍の急襲によって壊滅的打撃をうけたが、この町はオックスフォードから四十マイルしかはなれていない。トールキンの書斎の窓から、もえあがる炎が見えたほどである。戦争はみんなを痛めつけた。トールキン一家は従軍中のふたりの息子の身の上を気づかったし、のこった家族も食糧の配給によるひもじさにたえなければならなかった。庭に野菜をそだて、できるかぎり暮らしを切りつめた。つらい生活だったが、自分たちが最悪ではないことがわかっていた。ヨーロッパ情勢をつたえるラジオ放送で、トールキンは大量虐殺や戦禍《せんか》のひどさを知って、打ちひしがれた。

執筆が彼をささえてくれた。『指輪物語』の内容が、戦争と現実の世界状況に影響されたものだという説もあるが、トールキン自身は否定していることだし、われわれは深読みをすべきではないだろう。むろん、この名著のなかには、多くのレベルで理解し、解釈することができる部分もある。書きあげた章をせっせと出版社におくるさいに、トールキン自身が編集者にそういっている。彼は作品の一部を息子のクリストファーにもおくって、そえた手紙で助言とアイデアをもとめている。エディスもすぐれた、そして熱狂的な批評家だった。トールキンはいつでも、いま書いている内容を妻に話し、進行中の作品の一部をみせていた。ジャック・ルイスは、トールキンが執筆にもどり、にぶりがちな筆をとるのを、力強くあとおしした。このあたらしい本は難物で、『ホビット』を書いたときほど心はずむ経験にはならなかった。

一九四五年、トールキンはマートン・カレッジの英語学および英文学の教授となり、千五百年まえの古英語を専門にし、そのまま一九五九年の退官までつとめた。マートン・カレッジはオックスフォード市内にも市外にもいくらか官舎をもっており、そのなかの一軒がトールキンに提供された。オックスフォード大学および教職員は、トールキンにひじょうな好意をもっていた。一家はノースムアロードの家からひっこすのをさいしょはしぶっていたが、一九四七年にはマナーロードの、それまでより部屋数のすくない家にうつった。それは子どもたちが古い家にすっかり慣れしたしんでおり、ひっこしはよりおおきな変化と成長の機会になるように思われたからで、一家のおおきな感情的変化をしめすものだった。

戦争は終わり、トールキンの大学生活は通常にもどった。だがそこはもうべつの世界であり、一九三九年当時のように純粋培養された場所ではなくなっていた。『ホビット』は版をかさね、『農夫ジャイルズの冒険』がようやく日の目を見た。トールキンは五十代にさしかかり、すこしばかりペースが落ちていた。子どもたちもそれぞれ家を出てゆき、自分の家族をつくった。マイケルとクリストファーは、トールキンとエディスにとっての孫をもうけ、この二家族がやってくると、いつもにぎやかな大騒ぎになった。トールキンは、あの独得の人なつこいおおきな笑みを浮かべて、息子たちにむかい、仕事なんぞせず、子どもをもつ楽しみだけがほしいものだ、とよくいった。家族の人数がへり、オックスフォードがめまぐるしくそうぞうしい場所になるにつれ、トールキンはこんどはヘディングトンのそばにひっこした。ジャック・ルイスのうちからも近い、人口二、三千人ほどの町である。

マートン・カレッジは、オックスフォード大学のほかのカレッジよりも近代的だが、それでもまだむかしかたぎの学者がたくさんいた。そのなかの最良の人物は、ガロッドという古典学の教授だった。その名がマートンどころかオックスフォードじゅうに響いていたのは、その奇行とウィットのためである。この人物はいつもちいさな犬をつれ、葉巻をくわえて町を歩きまわっていた。彼の有名なエピソードだが、第一次大戦中にあるご婦人が、彼が書店で本を立ち読みしているのを見かけた。彼女は怒って、フランスであんなにたくさんの人間がたたかっているのに、あなたもなぜ、そこへいって文明の防衛義務をはたさないのですか、となじった。「マダム」と彼は、本からろくすっぽ頭もあげずにいった。「わたしこそ文明そのものですから」

トールキンにとってマートンは居心地《いごこち》のよい場所で、旧友のヒューゴー・ダイソンとネヴィル・コックヒルが学内の地位を得たときには、特にそうであった。彼らはよくオックスフォードの変化、万物の変化について、議論をたたかわせた。学内のトールキンの研究室は、十七世紀にできた部屋で、その窓からは、マートン・カレッジそのものが数百年前にできたときとかわらぬ緑のひろがりがみわたせた。

ルイスもたびたび彼のもとをおとずれ、ふたりは熱烈なファンレターのことを、よく話題にした。ルイスはまたトールキンにむかって、『指輪物語』はどんなふうに進んでいるのかを、しつこくたずねた。みんなのために、早く書きあげなきゃいけないよ、未完のままで日の目をみなかったら、それはなんという悲劇だろう、と。ルイスはあるとき唐突に、

トールキンが研究および執筆に多くの時間をついやした
マートン・カレッジ図書館

本ができあがった、ときかされ、びっくりした。読ませてくれ、とルイスはせがんだ。いいとも、とトールキンは答えた。ルイスはそれを読み、著者に手紙を書いた。

「ゆたかに満たされたさかずきをたったいまのみほし、長い渇きがいやされた思いです」とルイスは書いている。「いったん物語がすべりだしてからの、華麗で戦慄《せんりつ》に満ちたその急勾配《きゅうこうばい》ののぼり坂（あのみどりの谷間の描写によっても完全にはぬぐわれない恐怖ですが、あの描写がなければまず耐えられないでしょう）は、わたしの知るいかなる物語をもうわまわるものです。ふたつの点が特にすぐれていると、わたしは考えます。ひとつは純然たる準創造の点です――ボンバディルや塚鬼、エルフやエントたちは、尽きることのない源泉から、確固たる構造をもって生まれてきたかのようです。そして、もう一点、荘重さにおいても無類です」トールキンにとっては、それでじゅうぶんだった。ジャック・ルイスほどの男がこれほど熱狂するのであれば、自分の本は完成したのだ。こうして『指輪物語』が出版のはこびとなったのである。

第5章

『指輪物語』

His Lordship of the Rings

かくして、それは完成した。さてこのさき、どうしたらよいか。この本の完成には十二年かかっており、トールキンが友人たちに語ったところでは、これはインスピレーションと想像力のたまものであるだけでなく、血と汗と涙のたまものなのだ。エディスは結婚以来かわらずそうしてきたように、この時期も一貫して彼をささえてきた。トールキンが自分の作品にうんざりしたときには、妻が助けの手をさしのべ、この本がいかに重要なものか、夫がいかにすばらしい作家かを強調するのだった。笑顔や一杯のお茶のありがたみは、なにものにもまさっていた。

アレン＆アンウィン社は乗り気だったが、トールキンが出版にかける熱意のほうは歳月とともにうすれていった。初期作品のいくつかがボツになったとき、彼はほっとしたほどで、それについて考えれば考えるほど、出版社がわがうるさく選別するのではなく、もっと全面的な支援をしてもよいのではないかという気がしてきた。そのうち、彼は別の出版社コリンズ社のミルトン・ウォルドマンに出あい、かなり親しくなった。ウォルドマンが、トールキンと世界観をおなじくするカトリックであったからでもあるが、ふたりにはカトリックの司祭であり、ときにインクリングスの一員でもあったジャーヴェイズ・マシューという共通の友人がいた。トールキンはウォルドマンに『シルマリルの物語』を見せ、ウォルドマンは、このおどろくべき本は完成しだいコリンズ社から出版しよう、といった。

ウォルドマンはそれから、『指輪物語』を見せられ、これにも熱狂した。トールキンはよろこんだ。まえの出版社は『ホビット』の再版のときにあまりいい仕事をしてくれなかったし、『農夫ジャイルズの冒険』にはすこしも力を入れてくれなかったため、市場から消えてしまったと、トールキンは考えていた。しかし、ひとつ問題があった。トールキンはアレン&アンウィン社との契約にサインをしており、すぐにべつの出版社にのりかえるわけにはいかなかった。彼は最近爵位をうけたばかりのサー・スタンリー・アンウィンにあたらしい本の原稿をおくったが、それにはどうぞ拒否してくれといわんばかりの手紙をそえた。アンウィンはそうかんたんに撃退されはしなかった。彼はその本を、『ホビット』のさいにおおいに好意的だった息子のレイナーにおくった。レイナーは、少々編集作業は必要だが『指輪物語』は出版すべきだといい、『シルマリルの物語』にたいしては父子とも、ふたたびノーといった。スタンリー・アンウィンとトールキンのあいだにさらに手紙のやりとりがあったが、最終的にアンウィンはたたかいを放棄し、トールキンさんがどうしても両方の原稿を本にしたいのなら、当方はおことわりせざるをえないといった。トールキンはふかい安堵《あんど》のためいきをついた。これで自由になれた。

だが、事態はそれほどかんたんではなかった。コリンズ社のウィリアム・コリンズは『指輪物語』をすこし切りつめることを提案し、ウォルドマンは『シルマリルの物語』がますます長大になってゆくことにおどろいた。何カ月かがすぎ、何年かがすぎた。一九五二年までには、どちらも出版されなかった。『指輪物語』のように商業的にも文学的にも成功した書物が、そんなにながくほうっておかれたというのは、こんにち考えるとふしぎである。著者はとうとうもう一度、ロンドンのアレン&アンウィン社に手紙をだした。こんどは、いまそこの社員になっている、好意的なレイナーあてだった。トールキンにとっては、節をまげて身を屈することになる、この手紙は書きづらいものだった。だが、レイナーはここぞとかちほこるような性格ではなかった。もちろん『指輪物語』はすぐにいただきたいので、おおくりください、とあった。おくる？　それはできません、とトールキンは書

『指輪物語』。文学史上、きわめて
多く読まれた本の一冊といえる

いた。原稿はたった一部しかないのだ。当時ワープロはなかったし、戦争のおかげで紙が払底していたし、原稿は膨大なものだった。じっさい、長すぎて、写しなどとれなかった。じかにお会いして、おわたししましょう、とトールキンは書いた。

ふたりは一九五二年にオックスフォードで会い、レイナーはその原稿をロンドンにもってかえった。あまりにも長いので、これは一冊ではなく三冊に分けるべきだと、彼は考えた。レイナーは父親のサー・スタンリーに手紙をかいて、最終合意をもとめた。物語が長いので、三部作とするのが一番よいと思うが、そうすればたいして利益はあがらないだろう。もし失敗したら、出版社は大損をする。だが、これはすばらしい本だから、ぜひとも出版すべきだ、とレイナーは主張した。サー・スタンリーはこの提案について、あまり長く考える必要はなかった。彼はイエスといった。文学史における決定的瞬間のひとつである。

契約書がつくられ、多少の編集がなされた。トールキンの思わくほどの金ははいらないことになったが、長年売れつづければ、元はとれるだろう。第一巻『旅の仲間』は一九五四年の夏、残りの二巻『二つの塔』と『王の帰還』もひきつづいて出版されることになった。初版はわずか三千五百部の予定だった。あまりもうからないだろうと出版社がわは考えたのだ。その結果がどうなったか。三部作の物語はつぎのとおりである。

ビルボが大冒険からもどってから、六十年がすぎた。彼は誕生パーティをひらいて、その席上で、自分はこれからホビット庄を去って、本やうわさでしか知らない土地を見にでかける、と発表することにした。友人や親戚縁者におくりものをしたあと、突然に魔法の指輪をはめてすがたを消し、自分の家のなかにもどる。ビルボは指輪以外のいっさいがっさいを、甥《おい》のフロドにのこすことにしたが、ガンダルフは指輪もふくめるように説得する。さいしょにガンダルフにそういわれたビルボが、まったく彼らしくもなく、気色ばんで攻撃的になったことをわすれてはならない。このことは物語のあとのほうで、もう一度ふりかえろう。

指輪はじつは〈一なる力の指輪〉であり、この指輪のために、外の広い世界にもさまざまの重大な事件がおこりつつあった。よい生きものたち、〈自由の民〉は、暗黒の敵を前にしておもくるしい日々をおくっていた。ガンダルフはフロドに指輪をもたせ、あと三人のホビット――メリー、ピピン、サム――とともにホビット庄をたたせる。彼らはあまり気がすすまなかったが、もし指輪がみつかれば仲間が危険におちいるので、そうせざるをえなかった。ここでふたたび冒険の旅がはじまる。

モルドールの黒い乗り手たちが、このちいさな英雄たちをとりこにし、あわや命をうばいかけるが、そこに馳夫《はせお》という人物があらわれてこれを救う。一行は裂け谷に行き、エルロンドの御前会議にはかって、指輪の破壊が決定される。だが、どうやって？　指輪の破壊できる場所はモルドールの火の山で、そこまではながく危険な道のりである。モルドールのあるじサウロンは障碍《しょうがい》のすべてを克服し、いまこそ指輪を手に入れ、至高の存在となろうとしていた。フロドと三人のホビットは、ドワーフのギムリ、エルフのレゴラス、別名アラゴルンである馳夫《はせお》、そしてボロミルともに出発する。ボロミルは人間の戦士であり、闇の勢力にたてつく城砦《じょうさい》のひとつミナス・ティリスの領主でもある。

ガンダルフが彼らを先導して、モリアの鉱山にはいったところで、悪霊バルログが魔法使いをおそい、彼は底なしの深淵に落ちていってしまう。さらにおおくのたたかいと恐怖をへて、一行はロスロリエンに到着し、このエルフの土地の美しい貴婦人ガラドリエルの歓待をうけて、力をとりもどす。ラウロスの滝のところで、一行は分かれてそれぞれの道をゆくことになり、『ホビット』にも登場したゴラムが新たに彼らにつきまとい、指輪をとりもどそうとしはじめる。メリーとピピンがひと組。そしてレゴラス、ギムリ、アラゴルンがまたひと組。そしてサムとフロドがひと組となる。指輪の力がふたたび介入してきて、物語のはじめにビルボがそうなったように、ボロミルも正気をうしなう。そしてフロドをつかまえ、指輪をとろうとする。だが、そこへオーク鬼たちがおそってきて、ボロミルははっとわれにかえり、オーク鬼あいてにあっぱれな戦いぶりをみせるが、多勢に無勢で、戦死してしまう。結果的に、彼の行動が、メリーとピピンをすくうことになった。

つづいて、ものいう木との遭遇、オーク鬼たちからの逃走、そして闇の力に墜《お》ちたよき魔法使いと出あうことになる。だが、旅はまだまだつづく。悪霊とのたたかいでさらに力を増しくわえ、よりけだかい存在になったガンダルフがふたたび物語にもどってくる。シャドウファックス（飛蔭）という名の馬にまたがったガンダルフはアラゴルン、ギムリ、レゴラスを、ローハンのセオデン王の館へとつれてゆく。〈蛇の舌〉という名の奸言者《かんげん》をしりぞけた王は、その呪縛《じゅばく》からときはなたれる。善の力を結集しての角笛谷での大戦では、光のがわが勝利をおさめる。これで大いなるたたかいは終わったかのように思われた。

が、そうではなかった。リングレイスとよばれる羽根のはえた生きもの、いくつもの城砦、クモの峡谷、そして指輪大戦が待っていた。

いさましいちいさなホビットたちも道をいそぐが、指輪はしだいに重くなり、その影響力もましていく。フロドはたたかいで傷つき、オーク鬼のとりこになる。風が逆風になってきた。いくつもの城が包囲され、悪《あ》しきものの軍勢が結集しつつあり、いま救いの手がこなければ、世界はほろびてしまうだろう。そこへローハン軍があらわれ、海をこえてきたアラゴルンの手兵もくわわって、たたかいを勝利にみちびく。では、フロドとサムはどうなったか。ふたりは最後に指輪を破壊できる火の山――別名〈ほろびの山〉――にたどりつく。だが、そこで指輪の力が、旅路の艱難辛苦《かんなんしんく》でよわってしまったフロドの意志にはたらきかけ、彼は指輪を手放せなくなる。ずっとふたりを追ってきたゴラムがやみくもに彼から指輪をうばいとろうとし、それを若いホビットの指もろともかみきってしまう。われをわすれ、有頂天になったゴラムはそこでつりあいをくずし、指輪もろとも永遠に火山の炉のなかへおちこんでゆく。

指輪が破壊され、モルドールと闇の勢力も終わりをつげた。大地はこの事件に震撼《しんかん》し、黒雲が空をおおい、ガンダルフが巨大なワシにのって、フロドとサムをたすけにくる。ふたりは英雄としてむかえられる。みなは盛大な祝いやパーティーをくりかえしながら、ホビット庄にもどる。だが、物語はこれだけでは終わらない。ホビット庄にもどると、おかしらにひきいられた悪党たちがその地域にのさばってしまっていた。考えなしのホビットである〈おひとよしのロソ〉が土地を売却し、これまでのすばらしい伝統や家族生活はうしなわれてしまう。ホビットたちも時代とともに変化し、がさつで乱暴な悪党たちがはばをきかせる時世になっていた。

フロドとサムは以前とはちがう存在に成長しており、おおくの経験をつんだことで、みなのためにたちあがることができる。たたかいや口論のあげくに、かしらと対決してみると、それはかつて〈蛇の舌〉をうしろにしたがえていた邪悪な魔法使いだった。フロドはすでにつかれきって、このさいごのたたかいをもちこたえられないほどだったが、悪党たちに仲間割れがおき、ようやくホビット庄はむかしのようにしあわせな場所にもどる。

フロドは隠遁《いんとん》生活めいたものをおくるようになる。たたかいで受けた傷はうずき、じゅうぶんすぎるほどの冒険によっていくつかの悟りをもえていた。彼は、物語の終わりちかくに姿をみせる老ビルボが、後世のために旅の話を書きのこすてつだいをしたあと、ある日、サムを呼んで、灰色港へとおもむく。そこでフロドは年老いたビルボと合流し、いっしょに〈西方〉へ船出してゆく。船がしだいに雨夜のなかに消えてゆくのをみおくりつつ、サムはかなしみと同時に、友とのわかれをうけいれる。そのとき一瞬だけ、雨の銀いろのガラスめいた幕がまきあがって、サムはあたかも幻をみるように、緑あふれるよろこびの地を目にした。ここから中つ国の第四紀がはじまり、善人サムはうちにもどってゆく。ホビット庄へ。

『指輪物語』の物語をできるだけはしょっていえば、このようになる。出版以来、批評家や研究者たちはここにシンボルをみいだし、その意味を解釈しようとしてきた。それもけっこうなことだが、この本はそうしたものをまったく必要としていない。もちろんあきらかに影響関係が認められる部分もある。トールキンは敬虔《けいけん》なカトリック教徒であり、本にはキリスト教への言及がふくまれている。だが、キリスト教徒でなくても、本書は楽しめる。暗黒の勢力とは、トールキンが現代の脅威としてみてとったもの——工業化、田園生活の破壊、汚染、伝統の喪失——などの反映であることはもちろんだろう。だが、くりかえすけれども、これらの問題を征服するために『指輪物語』が書かれたと考える必要はない。

しかしおおくの人が、まさに征服された。書評はほぼ絶賛だった。初版の三千五百部は一カ月あまりで売り切れた。アメリカ版の本も一九五五年にホートン・ミフリン社から出ていたが、英米の新聞雑誌はこの本の独創性とふかさに驚嘆していた。ロンドンの「オブザーバー」紙は「なみはずれた本。とほうもないテーマをあつかっている。森も河も荒野も町も、そこに住む種族も、すべてが一からの創作である世界において、ふしぎなおどろくべきエピソードをつみかさねてゆき、そのいくつかは壮麗きわまりない」、ロンドンの「サタデー・テレグラフ」紙は「二十世紀の想像的フィクションの傑作のひとつ」と評し、「タイムズ」紙は「ストーリーはすばらしい語り口でいっきにクライマックスへともりあがってゆく」と書き、さいごに「これは一部サーガ、一部アレゴリーであるともいえる、なみはずれた想像力の作品で、すばらしくエキサイティングだ」としめくくった。

翻訳権の依頼が殺到し、年月がたつうちにこの本は、日本語、ベトナム語、ヘブライ語をふくむ世界のほとんどのことばに訳されていった。ヘブライ語版についていえば、その読者のなかには、北方的なるもの——たとえばヴァイキングの神話や雪をいただく峰々やみどりゆたかな谷へのロマン派的憧《あこが》れ——へのトールキンの愛を、アーリア人種の優越をうたったナチスの観念と比較したものもあった。『指輪物語』が出版されたときにも、これは現代社会への批判であり、過去への郷愁《きょうしゅう》をかたちにしたものだ、とした批評も少数ながらあった。ある意味ではそうかもしれない。だが、と、ある批評家は問いかけた。これがファシズムとなんらかの結びつきをもつなどといえるだろうか。ヒトラーやムッソリーニのような独裁者の殺人的イデオロギーと。

答えはあきらかにノーである。第二次大戦直前に、あるドイツの出版社が『ホビット』の翻訳権を買いたいと思いついた。出版社はトールキンにたいして、あなたはアーリア人か、と質問してきた。トールキンは激怒した。そんな問題はまったく無意味だ、と解答した。もし、あなたが本気でわたしにユダヤの血がまじっているかどうかを知りたがっているのだとしたら、残念ながら答えはノーである。わたしはあの才能ある人たちと血縁があったらよいと思うが、かなしいことにそうではない、と書いた。だが、わたしにはユダヤ人の友人たちがいる。わたしはそんな狂った考えにとらわれたドイツ人とはいっさい関係をもたくないので、そちらはそちらでかってになさるがよいでしょう。この手紙は、当時の政治家や評論家たちがまだナチスにおもねっていたころのものである。

だが、もう戦争は終わり、トールキンは自分におとずれた成功を、さわやかであたたかい波に洗われるように感じていた。三部作はすべて出版され、読者層はひろがっていた。ファンレターがときどきはじめ、最初はかすかなさざなみだったが、やがて着実な波となり、さいごには安定した潮となっておしよせてきた。しかもそれは全世界からよせられたものだった。これは予想外のことだったので、トールキンは、どうしたらよかろうとエディスにたずねた。もちろんお返事をなさったら、と彼女はこたえた。残念ながら大学の同僚のなかには、そういうことに反対のものもいた。彼らは外の世界をできるだけ、象牙《ぞうげ》の塔からとおざけておきたいたちだった。かまうものか、彼らはとじこもっておればよい、とトールキンは考えた。わたしは個人として研究者としての生活のほかに、おおくの読者によまれる本を書くことができるのだ。

BBCは『指輪物語』をラジオ・ドラマにしたい、とトールキンに申しいれた。これはうけてもよいかもしれない。アメリカの映画会社のプロデューサーたちも、映画化の話を

亡くなる数カ月前のトールキン。
笑顔にみてとれる幸福感は、彼が求めつづけ、手にいれたものだった

もちかけてきた。だが彼らは、その提案書のなかで、主要登場人物の名前のつづりをまちがえていた。こちらは少々ごめんこうむる、とトールキンは考えた。だが、人気はありがたいものだった。もちろん問題も発生した。アメリカのエース・ブックスという出版社は、英米間のあいまいな著作権協定につけこんで、著者に印税もはらわず、ペーパーバック版をだした。出版社の思わくはあたった。ペーパーバック版は安っぽくて、誤植もいくらかあった。が、一九六五年だけで十万部以上を売りあげた。

トールキンの著作のアメリカの公的出版社であるホートン・ミフリン社は、バランタイン・ブックスと組んで、ぶあついペーパーバックの一冊本をだし、これもよく売れた。特にアメリカの学生が、この本とそこで展開された考えに飛びついた。過去にそうであり、現在もそうであるように、イギリスの作家は三千マイルかなたの市場で有名になり、財政的にも恩恵を得ることがある。アイヴィー・リーグのエリート大学をふくむ北米の各大学で、本は抜群の売れゆきを見せた。学生は壁に似顔絵をはり、フロドを大統領にと書いたバッジを胸につけた。トールキンとホビット社会は三つの大陸に根づきはじめ、大学の英文科は『指輪物語』を講義に導入し、オックスフォードのトールキンのもとにはTVの特別番組の依頼が殺到し、アメリカの文学界がトールキンとその著作について、本を出しはじめた。これは、トールキンの大学の友人がいったように、もう彼の手をはなれた現象であった。

おきていることを、トールキンはだいたいにおいて楽しんでいた。彼の考えがカルト的に支持されることは、ただばかげているとしか思えなかった。ときにはなにもかもにうんざりすることもあった。北米からぶらりと予告もなくたずねてきて、偉大な作家といっしょに写真をとらせてくれ、とたのんだ男もいた。それは、執筆中も吸ってらっしゃるあのパイプですか？　いいえ、もうおかえりください。トールキンについて書かれた本やエッセイのなかにも、本人を怒らせるようなものがあった。人々はわたしの物語を、自分たちの生活や信条にあてはめようとする。わたしはまったくもってそういうことのために書いたのではない、と彼はいいきった。

しかし、トールキンのことを、成功にあぐらをかいて、アメリカ人など鼻にもひっかけない、がんこなオックスフォード大学人とみなすのは、まちがいだろう。トールキンはそうした人間ではなく、読者には感謝していた。スノッブでも外国人ぎらいでもなかった。

ただ一国だけ、苦手な国があった。フランス人をきらいだったというのではなく、フランス文化や思想が、イギリスにあたえた影響がまったくネガティブなものだと考えていたのだ。フランスの食品、フランス文学、フランス思想――彼はできるかぎりそういうものからとおざかろうとした。もっともフランス・ワインに関しては例外だった。そしてもちろん『指輪物語』のフランス語版も。だがトールキンにむかって当時こんなことをいった人もある。ビルボがフランス語をしゃべるなんて、トールキンさんがカエルの足を食べるのとおなじくらいバカげていますよね。

この段階では、トールキンはなんでも好きなものを食べ、好きなことができるようになっていた。悩みの種だった請求書はきれいになくなり、読者をえられないという長年の不遇はほぼ解消された。彼とエディスの暮らしは楽になり、子どもたちは成長し、出版社も新聞もこのオックスフォード大学教授の原稿をもとめた。でもふたりは名声によって、がらりと生活を変えるようなことはすまいとかたく決めていた。そんなことをしないでもよいほど、しあわせだったのだ。

第 6 章

一教師として

Just Another
Teacher

トールキンの性格のなかで、ひじょうに魅力的なのがその正直さだった。彼が、自分がオックスフォードでは平均的な一教師だった、と書くとき、それは本心なのだ。たとえば、彼は大学の学寮《カレッジ》対抗ボート競争というか、レガッタに興味をもちつづけており、どの学寮《カレッジ》を応援すべきかまよった。ラグビー観戦も好きで、スポーツに才能のある学生にたいしては、机上だけでなく、運動場でもがんばるようにつよく勧めた。長年にわたって、学内のさまざまな委員会の仕事を経験し、マートン・カレッジの副学長もつとめた。副学長職には、公務として大学所有の施設や土地を訪問することもふくまれており、たいていはイギリス中部のレスターシャーやリンカーンシャーといった環境のよい場所をおとずれるのだった。こうした田舎の農民といつも親しくなり、任期中に出あった人の子どもたちにもなつかしく思いだされるような人柄だった。彼らはいうのだ。わたしの親が、本を書いてすごく有名になったオックスフォード大学の先生の話をよくするのですが、なんでもその方はいつも愛想がよくて、土地や農作業のことをたいへんよくご存じのようで、まるでわたしらの仲間みたいだった、と。

トールキンはマートン・カレッジ・ワイン委員会のメンバーでもあり、おかげでかねて愛好のワインをあれこれ試飲したり、それについて調べたりすることができた。彼がワインセラーの鍵をもったまま、一日、休暇に出かけてしまったことがあった。その日、のどのかわいた教授たちは不満たらたら、彼の帰りを待ちうけていた。その失敗をつぐなうには、しばらく時間がかかった。

一九六七年、イギリスの作家ハンフリー・カーペンターが、伝記執筆のために彼のもとをおとずれた。カーペンターはトールキンが意外に小柄なのを知った。「彼の本の中では、長身ということが美質になっているので、わたしは彼が平均よりやや小柄なのを知ってもおどろきはしなかった——それほど小柄というのではないが、小柄だと思わせる程度ではある。わたしが自己紹介をすると、(前もって訪問の約束はとっておいたので) さいしょにうかんでいたけげんそうで、やや防衛的な表情が、ぱっと笑顔にかわった。さしだされた手が、わたしの手をがっちりつかんだ。

トールキンのうしろに、玄関ホールが見え、そこはちいさくこぎれいで、中流階級のふつうの年配夫婦の家にありそうなものしかなかった。W・H・オーデン (たいへん尊敬さ

れているイギリスの有名詩人）が新聞に書いた無神経な文章によれば、そのうちは『すさまじい』ありさまだそうだが、それはまったくあたっていない。それはじつにありきたりの準郊外型の家だった」

カーペンターはエディスにも会った。夫よりさらに小柄で、白髪をきっちりひっつめ、黒い眉毛《まゆげ》をしていた。それからトールキンとカーペンターは、家の横手のガレージを流用したオフィスに行った。トールキンは伝記作家にむかって、うちに車がないのは、第二次大戦のはじまり以来のことだ、といった。しかし本はうなるほどあった。諸外国語の辞書が山となっており、ある一画が『指輪物語』専用になっていて、そこにはポーランド語、デンマーク語、オランダ語、スウェーデン語、日本語の訳本がならべてあった。壁には、トールキンの中つ国の地図がはってある。

カーペンターの回想では、書斎はかなりこみあっており、トールキンは、あたらしい本が完成したら、自分とエディスはもうすこしおおきな家にひっこせるだろう、といったそうだ。しかしそこには電気ストーブ、青い目覚まし時計、友人や読者からの手紙のたばがあった。カーペンターもまた、トールキンの学生が講義中にしばしば感じたのと同様に、彼のことばのすべてがききとれたわけではない、と書いている。「彼の声はかわっている。深々としているが、響きにとぼしく、完全にイギリス的なのだが、そこにわたしにははっきり定義できないなにかがくわわっていた。まるで、別の文明の時代からきた人のようだった。だが、ほとんどの時間、彼のことばは明晰《めいせき》ではなかった。熱っぽい早口でことばが流れでる。せわしない強調のために、フレーズは省略されたり、圧縮されたりした。よく片手をあげて、口もとをつかむようにするので、ますますききとりにくくなるのだった」

カーペンターはまた、トールキンがいきなりパイプを口につっこんで、歯をくいしばったまましゃべりつづけ、文がおしまいになると、さてこれでひと区切りだ、あるいはここが重要なのだということを示すかのように、マッチで火をつけたといっている。しゃべりながら体をうごかし、部屋をあるきまわり、エネルギーと生命力にはちきれんばかりだ。パイプから二度ばかり煙をふきだすと、それを灰皿にうちつける。

手はちいさく、結婚指輪をはめていた。服はくしゃくしゃだったが、その年齢の男性にしてはおどろくほどひきしまった体型で、おなかがほんの少し出ている程度だ。色あざや

パイプと本とトールキン。おなじみのポーズ

かなチョッキを着ていたが、それは本の成功以来、自分にゆるした数すくない贅沢《ぜいたく》のひとつだった。目はするどくよく動き、ものからものへと飛ぶかと思えば、なにかをじいっと見すえるのだった。目のまわりにはしわがあり、トールキンが考えこんだときにはそのかたちが変わった。きわめてつよい集中をしめすが、さほど長い時間つづくというわけではない。それがトールキン教授だった。

トールキンに会ったもうひとりの人物は、イギリスにおけるカトリックの布教についての著作家デズモンド・アルブロウである。「トールキンはわたしが初めてじかに顔をあわせたオックスフォードの教授であり、うれしかったのは、真の学者紳士らしくわたしを遇してくれたことだ。当時のわたしは北部でのびのびと育った、小利口で生意気な十八歳の若者だった。北部の人間の目からすると、オックスフォードという場所はまず第一に、奇怪な規則や罠《わな》があちこちにしかけられていて、高慢なものも無知なものも足をとられてしまう、因習的ないなかに感じられた。話しはじめて十五分もすると、わたしはおちついて楽天的な気分になったが、それは万一、教授がひとことでも辛辣《しんらつ》なことばや高飛車なコメントを発したら、たちまちしぼんでいたはずのものだった。わたしがトールキンではなく、いま現在、TVでしたり顔をさらしている現代の横柄な教授たち、オックスフォードの大テーブルに象徴されたものを根こそぎにしてしまったような人たちに出会っていたら、事態はまったくべつだったろうと思う。

わたしの前にいたのはまことに教授らしい教授だった。トールキンはコールテンのズボンにスポーツジャケットを着て、おなじみのパイプをくわえ、終始笑顔で、ときに思いがことばを追いこしてしまうと口ごもった。彼のまわりには文化の香りがし、はれやかな健全さと洗練がただよっていた」

善人で、ただしい人で、親切な人物。そして幸せな人物だった。もちろんつらい時期もあった。親友のジャック・ルイスが一九六三年に亡くなったときなどだ。ふたりの交流は、ルイスの結婚後、ややうすれていたとはいえ、それでもおたがいに深い好意をいだいていた。ルイスの死によってトールキンは、自分にも寿命があることに気づいたが、全世界からよせられる愛読者の手紙が、作品の生命は永遠であることを保証してくれるのだった。

彼はまた深い信仰をもっていた。カトリック教会は一九六〇年代、第二ヴァチカン公会議によって、いくらかの変化をこうむることになった。第二ヴァチカン公会議は、多数のカトリック聖職者がローマに集まって行なわれたもので、教会の門戸をひらき、いくらかの改革を導入しようとしたものだった。実際問題として改革されたことは、ごくわずかだったが、教会に反対し、少なくとも自分の地方での改革をのぞんで会議に参加したものもいた。トールキンはそうした変化が、自分の愛していた施設に起きるのを目にし、こころよく思わなかった。しかし、いかなる変化をも認めない人々とはちがって、トールキンは、改革をうけいれるだけのふかく慈愛にみちた信仰をもっていた。改革のいくつかはときに不愉快ではあったが、カトリックの真理はそんなことで変わりはしない、と彼は考えていた。

トールキンは一九五九年、六十七歳のとき、オックスフォードでのフルタイムの仕事から退くことになるが、この年エディスは七十歳になっていた。四十年間の教職生活も、そろそろしおどきだった。エディスの体調はおもわしくなく、関節炎で歩行が困難になり、消化器も不調だった。夫婦はただ、もっと多くの時間をともにすごしたいと思ったのだ。オックスフォードは変化しつつあるし、それもよい方向へではないように、トールキンには思われた。彼はむかしの友人たち、インクリングスの時代、〈鳥と赤ちゃん《バード・アンド・ベイビー》〉亭の時代をなつかしんだ。何人かの新任教授たちとはそりがあわなかった。彼らを理解できなかったし、相手のほうもトールキンを理解しなかった。単純にいって、トールキンとは世代がちがい、年齢がちがった。

トールキンは教えたかったことのすべてを教え、その業績もたかく評価されていた。アイルランドとベルギーから名誉博士号をうけ、文学賞もいくつか受賞して、記念講演の依頼もきていた。引退に際しては、マートン・カレッジ・ホールで退任スピーチを行なうよう求められた。何百人もがホールを埋めつくした。さまざまな世代の教授たち、学生たちのなかには、トールキンと個人的な接触があったものもおり、学内での彼の名声や著作にひかれてやってきたものもいた。タバコの煙が、群集の頭上にもうもうと立ちこめた。こんにちとはちがい、そういう公共の場所でもタバコはみとめられていたので、多くの人は単純にただそうしていたのだ。主役が登場するのを待ちながら、人々はあれこれと話しあい、美しい古い建物はざわめきに満ちた。期待と興奮がたかまっていった。

やがて大学がわの役員がトールキンをはさんで、ステージにあがってきた。全員、大学のガウンをまとい、堂々としてみえた。自然にすさまじい拍手がおき、喝采《かっさい》の声があがった。トールキンが紹介され、いくつか進行上の手続きがあった。それからトールキンはせきばらいをし、聴衆をみわたした。ほとんどはみなれた顔だったが、知らない顔もあった。それは巨大な家族であり、このイベントは彼の人生の大きな転回点だった。トールキンは、オックスフォード大学と学究生活と学問のかがやかしさについて語った。声にはふかい思いがこもっていた。また大学の変化について、また高い教養性を駆逐《くちく》しつつある画一性について、いくつか批判をのべた。学生をわれわれの決めた型におしこむのではなく、彼ら自身の方法でものごとを探究し、学ばせてやらねばなりません、といった。スピーチを――そして世界有数の大学での教師生活を――しめくくるにあたって、彼は自分で書いたエルフ語の別れの歌「ナマリー」を引いた。別れにさいして、これ以上ふさわしいものはなかった。聴衆はそれを理解した。沈黙がおちた。そして喝采。長い長い、心のこもった喝采だった。トールキンは腰をおろした。さあ、ここを去るときだ。

引退ということばで呼ぶとすれば、これが彼の引退だった。トールキンの人生の皮肉のひとつは、年をとればとるほど、有名になってゆくことだ。しょっちゅう早朝に電話が

——ほとんどがアメリカから、しかもカリフォルニアが多かったが——鳴りひびき、フロドやガンダルフについてこまかい点を質問してくるのだった。さすがのトールキンもこれには悩まされ、電話番号を変え、電話帳からとりさげた。住所も秘密にした。だがそれでも、ひっきりなしの連絡に対応するため、非常勤の秘書をやとわなければならなくなった。

作家としては何十万の読者をもっていたが、個人としての知己《ちき》ははるかに少なかった。彼とエディスはときに、おおきな孤独を感じることがあった。子どもたちは巣立ち、それぞれの生活をいとなんでいた。マイケルはミッドランドで教え、クリストファーはオックスフォードの教職についていそがしく、プリシラは街の反対側で保護監察官の仕事をしており、これまた多忙、ジョンはスタッフォードシャーの教区で司祭としてつとめていた。やとったさまざまな秘書たちとは、家族ぐるみの友人となることが多かった。またアングロ・サクソン語学者アリステア・キャンベルや、かつての教え子でいまはマートン・カレッジの英語英文学教授をしているノーマン・デイヴィスなど、学問領域での同僚もそうだった。

一九六三年、トールキンはエクセター・カレッジの名誉フェロウに、そしてマートン・カレッジのエメリタス・フェロウに任じられた。後者は退任教授にあたえられる名誉称号である。これらの称号をもつことは、大学での晩餐《ばんさん》会や催しへの招待を意味したが、彼はめったに出席しなかった。エディスのぐあいが悪いのに、ほうっておいて晩餐会に出かけるわけにはいかなかった。一九六六年、夫妻は金婚式を祝い、マートン・カレッジで大規模な祝賀会が行なわれた。友人たちが歌を歌い、なじみの人たちからはもちろん贈り物や、カードや祝電がとどき——夫妻がよろこんだことには——すこし縁遠い人からもお祝いがおくられてきた。サー・スタンリー・アンウィンは五十本の金色のバラを送ってよこしたし、トールキンの作品を踏まえて、この日をことほぐ詩をつくってきた人もあった。

トールキンは書くのをやめることなく、『シルマリルの物語』に手を入れつづけ、いつの日か出版するのだと心に決めていた。エッセイや詩を書き、またしても新たなアルファベットを考案し、短編「星をのんだかじや」を完成した。これはもともとアメリカの出版社が、トールキンにジョージ・マクドナルドの『黄金の鍵』の序文を書いてもらいたいと依頼してきたのが発端だった。トールキンのもとにはしばしばそうした注文がよせられ、たいていはことわっていたが、今回はべつだった。マクドナルドは若いトールキンに大きな影響をあたえた作家で、それ以来、かわらぬインスピレーションのみなもとでありつづけた。『黄金の鍵』の序文は、それ自体で生命をもつ独立した作品になった。マクドナルドの本への序文のかわりに、トールキンの新作が生まれたのだった。

トールキンは新作を書きたいという、このひさしぶりの衝動を楽しんだ。今回ははじめてタイプライターを使った。物語の一部はほとんど自動書記的に書かれ、そのおかげでスミスの性格は、想像力ゆたかなところ、驚異をもとめる気持ちなど、まさに老境のトールキンが過去の自分を回想してえがいたかのようだった。これを見せられたレイナー・アンウィンは、一冊にするには短すぎると最初は考えたが、けっきょく独立した一冊として出版することにした。批評はおおむね好評とはいえ、売れ行きは『指輪物語』や『ホビット』とはくらべものにならなかった。トールキンはむかしの講演『妖精物語について』に手を入れて、『ニグルの木の葉』と合本にし、『木と葉』のタイトルで一九六四年に出版する。八十九歳になる彼の叔母ジェイン・ニーヴが、老人にもなんとか読めるちいさな本を――それも『指輪物語』に出てくるトム・ボンバディルの話を――一冊書いてくれとたのんできた。トールキンは承知して、『トム・ボンバディルの冒険』を書きあげ、本は叔母の死後わずか数カ月で世に出た。

だが、オックスフォードはもうすっかり変化しており、生活ももとの通りではなかった。エディスのぐあいは悪化し、足が痛くて歩けなくなった。海浜への旅行までも不可能になり、オックスフォードの郊外であるヘディングトンにかまえた家は、いまのふたりにはすでにふさわしくなくなっていた。子どもがいない家族には大きすぎ——がらんとしていすぎた。金銭的にはなんの不安もなかったので、夫妻はもっと楽しく暮らせる家へ移ろうと考えた。しかし、どこへ？　ボーンマスですごした休暇はすばらしく、ふたりともそこが大好きだった。イギリスの南岸のボーンマスは気候も温暖で、エディスの関節炎にはよいはずだった。それにトールキンは海が好きで、海ぎわの遊歩道をあるくのを好んでいた。ボーンマスがいいだろう。

ボーンマスはおせじにもしゃれているとはいえない街だが、そんなことには左右されない良さがあった。じみだということが、むしろ魅力でもあった。近くには森の散歩道があり、松の大木が緑の円錐形《えんすいけい》をつらね、秘密の場所をかたちづくっていた。夫が講演旅行中、

トールキンが晩年住み、エディスが亡くなったボーンマス

エディスは長年の習慣として、子どもたちをつれてホテル・ミラマーに泊まることにしていた。最近では、トールキンがエディスをつれてそこにゆくことが多くなっていた。エディスはホテル生活や、ボーンマス行きを楽しんでいたが、トールキンはさほどでもなかった。だが、すばらしい眺望をほこるホテルの部屋でも仕事はできた。近くにはいいカトリックの教会もあり、多額の印税のおかげで、どこへでも行き放題だった。

一九六八年八月、ふたりは買う前にたった一度しか下見をしないで、レイクサイドロード一九番地のバンガローにうつった。生涯ではじめて、トールキンとエディスは、各部屋にセントラル・ヒーティングとバスルームのついた家に住むことになった。ここでもまたガレージがトールキンの書斎になり、非常勤の秘書をやとった。夫妻は最新のりっぱなキッチンを手にいれ、夕方にはひろびろとしたヴェランダに、ならんで腰をおろすことができた。すてきな庭もあり、そのはずれには小さな門があって、奥にはブランクサム・チャインとよばれるちいさな森があった（偶然の一致だが、わたしは子どものころ、母やおばといっしょにその森を散策したものだ。ふたりは、ロビン・フッドが部下の無法者たちをつれて、木立にひそんでいるのよ、とわたしにいいきかせた。母とエセルおばのことばは、もちろんうそだった。ひそんでいたのはロビンではなく、フロドだったのだ）。森のむこうは海だ。カモメの鳴き声、砂の感触、潮風のやさしいささやき。ここならいい。それにカトリック信者の隣人たちがいて、トールキンを教会へつれていってくれた。エディスもごくたまに出席した。夫妻には家のなかのてつだいをする人手もあり、いままで知らなかったようなぜいたくを味わっていた。

トールキンさえその気になれば、まだなすべき仕事はあった。『シルマリルの物語』は未完で、新聞や雑誌は、トールキンがそれを完成させさえすれば、よろこんで記事や書評をのせてくれるはずだった。愛読者の手紙もとぎれることなく、彼らはペットや車、さらには自分の子どもにも、『指輪物語』の登場人物にちなんだ名前をつけてよいかとたずねてきた。もちろん、けっこうですよ、と彼はいつも書いた。さきざきにそなえて、もうすこし名前のストックをおくってあげましょう。だが、それよりもつねにおおきな満足をあたえてくれるのは、トランプのひとり遊びや読書のほうだった。それにエディスのことがあった。腕のいい医者にかかってはいたが、健康はおとろえていくいっぽうだった。妻のそばについていてやらねばならない。万一にそなえて。

それは十一月半ばの金曜日の夜のことだった。エディスは胆嚢炎《たんのうえん》をわずらい、痛みに打ちひしがれていた。この病気の症状の多くは心臓発作に似ており、現在では比較的即効性のあるすぐれた手術方法が確立されているが、一九七一年にはそこまでいっていなかった。エディスは八二歳で、その年齢では、医学上の措置もたいして効き目がなかった。やがて入院となった。エディスの気力はしっかりしていたが、状態はわるく、からだが弱っていた。友人や家族とともに、トールキンも祈った。あと数年だけ、エディスといっしょにいさせてください。あと少しだけ。苦しみの日々はさらにつづき、ついに終わりと解放がやってきた。それは十一月二十九日の月曜日だった。エディスは亡くなった。トールキンは友人にあてて、彼女がどれほど勇敢だったか、自分がどれほど「意気消沈」しているか、痛手をうけているかを書きおくっている。

数日、ひとこともいえず、なにもできなかった。やがて彼は愛するものたちや子どもたちに、話をしたり、手紙を書いたりできるようになった。トールキンは子どもたちにむかって、墓石の碑文《ひぶん》は簡潔にこうきざむことにした、と告げた。「エディス・メアリ・トールキン、1889-1971、ルシエン」。ルシエン？　いったいこの名前はどこから出てきたのだろう。トールキンはいつもエディスのことを、子どもたちにむかっては「かあさん」といっていたのに。ルシエンは、トールキンの未完の『シルマリルの物語』のなかの人物だった。中つ国をあるいたもののなかでもっとも美しい乙女で、エディスがモデルになっていた。純粋で無垢《むく》な少女、長年彼のために踊りつづけ、すべてにおいて――著書に関しても、子どもたちに関しても、愛に関しても――彼を鼓舞しつづけてくれた存在。ルシエン。

トールキンは――その目にはきっと涙がもりあがっていたろう――子どもたちにむかって、エディスは自分のルシエンだった、いつもかわらずそう思ってきたのだ、と告げた。おやすみ、エディス。おやすみ、ルシエン。

それはよき結婚生活だった。批評家のなかには、どこかに失敗と悲しみの痕跡《こんせき》をみいだそうとつとめるものもいた。しかし、そんなものは出てこなかった。彼はよき夫であり、彼女はよき妻だった。口争いになったこともあるが、それは必要だし、避けられないことではないか。魂の真のむすびつきとは、個人の意志をなくすことではない。エディスはトールキンほどつねに熱心なカトリック信者とはいえなかったが、それにまつわる意見のくいちがいは、さらにふたりを近づけた。夫妻は子どもや孫に対して純粋な愛情をわかちあい、いつも彼らを優先した。ふたりともおさないころに孤児となり、はじめからつよく心をかよわせ、たがいの欠落感をおぎないあってきた。

トールキンについての名著『トールキン――人間と神話』を書いたジョーゼフ・ピアスは、その本の中で、「トールキン家の友人たちは、夫妻のあいだのふかい愛情を覚えており、それは、ふたりがおたがいの誕生日の贈り物をえらび、包装するときの気配りに、はっきり見てとれた」と書く。トールキンの大いなる遺産は『ホビット』と『指輪物語』で、その結婚生活や家族はさほど重要ではない、という人もいるかもしれない。だが、結婚生活や家族がなければ、ビルボもフロドも、ガンダルフもホビットたちも、多くの著書もうまれなかっただろう。トールキンがふかく愛した木の一本とおなじように、彼もいちいちの逆風にふきたおされ、才能もへしおられてしまっただろう――エディスへの愛と、エディスの心づくしがなかったら。

愛がおおきければおおきいだけ、苦しみもおおきかった。そう、彼にはまだ子どもたちや友人がいたが、妻はかけがえのないものだった。これからどうすればよいのか、どこへ行けばよいのだろうか。

第7章

さいごのとき

End Times

トールキンはもうボーンマスにはいられなかった。そこにはエディスの闘病や死を思いださせるものが多すぎたし、孤独感もおおきく、間取りは実用的ではなかった。住むとなればもうオックスフォードしかなかったが、具体的な場所ははっきりしていなかった。そこへマートン・カレッジが、マートン通りの大学所有のカレッジ・ハウス内の一戸を提供してくれた。住みこみの夫婦が、世話をしてくれる。オックスフォードではこうした住みこみの人たちをスカウトと呼び、よく学生や教授たちとも親しくなった。雇い主と使用人ではなく、家族のような関係になるのだった。

食事や衣類の洗濯、部屋の掃除、それに望めばベッドメーキングもしてもらえた。引退教授のすべてが、このような恩恵にあずかれるわけではなく、またトールキンの名声がその要因であったわけでもなく、つまりはこの申し出はトールキンがオックスフォードでいかに愛されていたかの証明だった。もちろんトールキンはこのありがたい申し出をうけいれ、エディスの死以来はじめて、あかるい気分になることができた。ボーンマスからオックスフォードまでの荷物の運送業者とうちとけて、いっしょにトラックにのってきてしまったのも、いかにもトールキンらしい。

マートン通りの家は、申し分のないものだった。寝室にバスルーム、それに大きな居間があり、スカウトであるチャーリー・カーと妻のメイヴィスは一階に住んでいた。ここ数年、トールキンはかならずしも体調が万全ではなく、カー夫妻はいつでも援助の手をさしのべ、ときには話し相手もつとめてくれた。トールキンは夫妻とすっかりうちとけ、その孫娘ふたりがやってきたときには、いっしょにあそぶのをことに好んだ。

部屋にいるのに飽きると、オックスフォード以外にすむ、古い友人、あるいは若い友人と会うこともできた。となりにはイーストゲイト・ホテルがあって、そこはむかしジャック・ルイスや〈インクリングス〉の仲間といっしょに飲み食いをした場所だった。トールキンはカレッジにも出入り自由で、食事は、そこでみなといっしょにただでとることができた。いまは裕福なトールキンだったが、あいかわらず人にはものおしみをせず、必要なときをのぞけば、自分自身にお金をかける気はなかった。

その気持ちはずっとかわっていない。むかしからイギリスふうの食事、栄養があって素朴なイギリスの食べ物が好きだった。朝食にはベーコンとタマゴ、トースト、それに濃い

トールキンが妻エディスの死後住んだ
オックスフォードのマートン通り 21 番地

お茶をポット一杯。昼食か夕食には、ローストビーフと山盛りのポテト。デザートにはトライフル菓子や、夏にはクリームを山盛りにしたイチゴも好物だった。お茶は大好きで――一日じゅうお茶を飲んでいた。お茶にそえて、手にはいるならば手作りのフルーツ・ケーキが大好物だった。もっとも最近では街のお店や、チェーンストアでもケーキを売ってはいたが。午後には気がむけば、ミルクチョコレート・バーをかじり、就寝前にココアをのんだ。もちろん朝食のときから、明かりが消えるまで、パイプははなさない。

この新たなライフスタイルは、トールキンをいくらか孤独にしたが、いくらかの自由な気分も味わえた。ひっきりなしの喫煙や、散歩と若いときの自転車をのぞけば、特に運動もしていなかったわりには、トールキンは驚くほどひきしまった体をしていた。オックスフォードのすぐ郊外の村にすむクリストファーの家にちょくちょく出かけ、孫のレイチェルやアダムとあそぶのが楽しみだった。休日にはシドマスで、プリシラとすごし、すこし足をのばして、まだイーヴシャムの農場をやっている弟のヒラリーに会うこともあった。

ようやくこのころになって、TVも見るようになった。スポーツ番組が好きで、それもクリケットとテニスがお気に入り、ラグビー観戦も好きだった。もっと中継があったらいいのに、とよくもらしていた。かるい娯楽番組やニュースには、あまり興味がなかった。むかしからニュースをふくめて新しい物事にはうとく、いまさら流行を追いかけるにはおそすぎた。ウィスキーもたしなんだ。好きなのはシングル・モルトだけで、これはおおむかしからの嗜好《しこう》だが、オックスフォードの教授や講師があつまってくつろぐひかえ室では、いつでも最上のスコッチが出されたので、その趣味がさらに増幅されていた。

写真家ダグラス・ギルバートはこの時期のトールキンに会っており、おおいに気に入った。「会いにいったとき、彼はステッキをフェンシングの剣のようにかまえてふざけかかってきた。この場面を思わせる感じで、トールキンがステッキをかるくかかげた写真が一枚あるが、その顔は満面の笑みだ。ある意味では子どものようで、じつにしあわせそうだった。わたしは一九七二年の夏いっぱいイギリスにいたが、トールキンにいくら手紙を書いても電話をかけても、なしのつぶてだった。つぎの年の一月にもどったときには、トールキンの友人コリン・ハーディー氏が、彼にとりもってあげると、声をかけてくれた。『わたしはロニーなんかこわくないからね』とハーディーはいった。トールキンはあまり多くの人に会うのをいやがり、しかも時にきわめて気むずかしい、との風評があった。コリンは面会のお膳《ぜん》立《だ》てをし、わたしをトールキンの部屋までつれていって紹介してくれた。トールキンはひじょうに魅力的で、愛想がよく、人嫌いの片鱗《へんりん》もみせなかった。なんとすばらしい人物だろう」

すばらしい人物ではあったが、すでに老年でもあった。一九七二年には八十歳に達し、健康にもややかげりがさしてきた。そのことには彼もうすうす感づいていたと思われる。なぜなら、自分は『シルマリルの物語』を完成させ、編集することはないだろうとみとめ、その仕事を息子のクリストファーの手にゆだねたからである。彼は一九七二年にバッキンガム宮殿で、女王から大英帝国勲章（Commander of Order）を授与され、その年にはオックスフォード大学から文学博士の名誉教授の称号を受けている。どちらもたいへんな栄誉である。つぎの夏、彼はプリシラをともなってスコットランドのエディンバラに出版社の賞をもらいにいった。だが、スコットランドからもどってのちの健康状態はよくなかった。しばらく前から消化不良になやんでいたが、医者にそのうちよくなるといわれたにもかかわらず、好転せず、悪化の一途をたどっていった。

病院でX線検査をうけたが、特に悪いところはなかった。食事療法が課されたのが、ひじょうにこたえた。ワインもやめるようにいわれたが、実際にはもうワインはおいしいと思われず、たいして楽しむこともなくなっていた。友人たちはいよいよ最後が近づいたと感じた。そろそろ寿命がきて、あとはこの偉大な人が徐々に衰えていくだけだと思うものもいた。

だが、それでもまだボーンマスへ行って、むかしそこでエディスともども世話になったデニスとジョスリンのトラスト医師夫妻を訪問することはできた。ふたりはともにバースデイ・パーティーを祝い、トールキンはシャンパンをすこし飲んだ。だが、その夜ぐあいが悪くなって、痛みがひどくなってきたといった。翌朝、個人病院に搬送され、出血性胃《い》潰瘍《かいよう》との診断がくだされた。そのときには身内はだれもついていなかった。マイケルは休暇でスイスにゆき、クリストファーはフランスにいた。ジョンとプリシラが、いそいで英国の南岸までかけつけた。ついたのは翌日で、病院からは回復するだろうと告げられた。

ところがそうはならなかった。胸部に感染症が起きていた。一九七三年九月二日の日曜日の朝、入院してわずか数日後のことだったが、海風が病室のカーテンをゆらし、カモメの声が病院をつつむなか、『ホビット』と『指輪物語』の作者ジョン・ロナルド・ローエル・トールキンは、つねにその存在を信じてやまなかった楽園へとわたっていった。八十一歳だった。

　葬儀のミサは四日後に、トールキンがよくおとずれ、祈りをささげたオックスフォードはヘディングトンの〈パドゥアの聖アントニウス教会《セント・アントニー・オヴ・パデュア》〉で行なわれた。息子のジョンが聖書の朗読箇所をえらんで、ミサをとり行ない、トールキンの旧友ロバート・マレイ神父と、教区の司祭であるモンシニョール・ドランがそれを補佐した。会衆が教会をうめつくし、そこは愛と涙にあふれた場所となった。トールキンはウォルヴァーコートのカトリック墓地に、愛妻にして親友のエディスのわきにほうむられた。彼はふたりの合同の墓碑をつくり、エディスの下に「ルシエン」としるしていた。こんどはそこに彼の名と死亡日時、そして『シルマリルの物語』の中のルシエンの恋人「ベレン」の名がきざまれた。壮大な神話の愛が、トールキンと妻のエディスによって血肉化されたのである。

「デイリー・テレグラフ」紙の死亡記事はこんなふうだった。「ビルボは黒いよじれた布のきれはしを見つけて、腕にまきつけた。ちいさなホビットはひどく泣いた。J・R・R・トールキン教授の死の知らせをきいて、彼のつくりだしたファンタジー世界のどこか

EDITH MARY TOLKIEN
LUTHIEN
1889 - 1971
JOHN RONALD
REUEL TOLKIEN
BEREN
1892 - 1973

で、そういうことが起きていたにちがいない。トールキンの創造したエルフの王侯やホビット、エント、トロール、オーク鬼そのほかのおそろしい敵役たちも、あまりにもなまなましく生きており、そのためマートン・カレッジの英語学教授も彼ら同様に不滅の生命を得るようになった。彼はよわいを知らぬ魔法使いガンダルフであり、この世に姿をあらわして、想像力とそのかみの暁の光にみたされた、広遠な高地世界の運命をかたちづくった。八十一歳の長寿とはいえ、われわれの文学におおきな新風と詩情をふきこんでくれた人を失うのはかなしい。彼の創造した世界群はけっして消えゆくことはないであろう」

事実、そうだった。われわれはトールキンを失うことはなく、彼もまた読者を失うことはなかった。真に彼を知り、理解していた人は、葬儀のときにそれをはっきりと知った。墓地にまでまねかれた少数の人々のなかには、ごく何人かだが、帰りぎわに、木立の前の茂みでなにかの音をききつけたものもいた。そこにはなにもいなかった。少なくとも、ほとんどの人の目にはなにもみえなかった。「しずかに」とフロドはいった。「われわれがここにいるのがばれてしまうぞ。しずかに！」そして彼のうしろには、人間や人間以外の生きものの列が何マイルも何マイルもつづいていたのだ。それらの生きものはトールキンの生みだしたものだった。人間は？　人間も何百万人もいた。しあわせな笑みをうかべたトールキンの読者たち——すでに亡くなったもの、いま生きているもの、そして、これからそこにくわわる人々だ。物語はいつまでも終わらないだろう。トールキンは、むかしからそのことを知っていた。

謝辞

感謝すべき人の名をあげるときには、どんなに気をつけても、だれかを落としてしまうものだ。わたしがおろかにも名前をあげそびれた方々には、お許しをこいたい。ネルソン・ロウサー、ドン・バスティアン、シオバン・ブレッシング、そしてストッダート社のみなさんに、心からの熱い感謝をささげたい。すばらしい仕事をさせていただいた。それからハンフリー・カーペンター、ジョーゼフ・ピアス、ダグラス・ギルバート、バーミンガム・オラトリオ会、妻のバーナデットと、わが子ダニエル、ルーシー、オリヴァー、エリザベスにも感謝したいと思う。

訳者あとがき

イタリアや地中海文明の歴史小説で知られる塩野七生は、自作を語るエッセイのなかで、「伝記を書くとは、(相手を) モノにすること」だと言っている。そしてまた「モノにできる自信のある相手のことだけを書く」とも続ける。

伝記を書くとは、なるほど、そんなふうに惚《ほ》れた相手にツバをつけること、そしてそのすべてを所有してしまうこと、そしてみんな (一般読者) をその証人としてしまうことなのかもしれない。「モノにする」とはうがった言葉である。わたしはこの人のすべてを知り、このように理解しています、と告げるのは、歴史の闇のなかから掘り出した人物に対する、妻の愛情だ。もちろん塩野七生は『ルネサンスの女たち』のように、女性をも多くとりあげてはいるが。

本書の著者マイケル・コーレンは、チェスタトンやC・S・ルイスの伝記も手がけていて、人物のプロフィルをコンパクトに読みやすくまとめあげる手腕にすぐれている。塩野がそうであるように、それは資料に支えられるべき伝記を越えて、ややもすれば小説の領域に踏みこんだような、物語としての整合性を見せすぎるきらいはあるけれども、本書はひとりの偉大な作家を立体的によく描き出し、著者の「モノにし」ていると思う。

いまははやらないけれども、わたしの子どものころには伝記全集というジャンルが、児童書の王道（ただし児童には愛されない）を占めていて、子どもたちはミレーやキュリー夫人、野口英世、ヘレン・ケラーなどの善意に満ちた人柄をたっぷりとすりこまれたものだ。おかげでわたしは、偉大な業績と人格は無関係である、というあたりまえのことを悟る時期がはなはだ遅れたのであるが、伝記というジャンルにはそもそもどこかしら啓蒙《けいもう》的な匂いがつきまとっていて、とんでもない悪党だが天才音楽家とか、背徳的な小説家、パトロンをだまし歩く科学者などというものはとりあげられにくい。それでも、まだ彼らに人間的魅力がたっぷりと備わっていたのなら別であるが、生前からまわりの人間にもあまりよく思われず、死後になって作品や業績のみが光りかがやいたというような存在は、伝記というスタイルにはなじみにくいだろう。歴史の闇のかなたの人物ならば、まだしも塩野のように、自在にふくらませて造型することもできるが、親類縁者も存命であるような、つい先頃亡くなった人物の伝記はむずかしい。

しかしながらその点に関していえば、トールキンという作家は家族をたいせつにし、苦節二十年で『指輪物語』を書き、教師という固い職業にあって根っからの学問好き、という伝記モノの王道をゆく人物だ。彼については、コーレンの本書のほかにも、参考文献にあげられている有名なハンフリー・カーペンターの評伝があるが、これを読んでうかびあがるトールキン像もまた、文学少年少女たちのカリスマになりうる人格と趣味をそなえたヒーローである。その学識と知恵は偉大な賢者ガンダルフさながら、性格にはビルボの無邪気さを持ちあわせ、神話の恋人のように終生、妻を熱愛する。コーレンのこの伝記は、トールキンのその輪郭をさらにくっきりときわだたせ、現代の賢者つまり、知恵の文学たるファンタジーの作家の典型像をえがきだすことに成功している（この元型《アーキタイプ》にあてはまる作家としては、もうひとりミヒャエル・エンデがいるだろう）。

しかもコーレンのほうはトールキンの内面の文学的営為をというより、行動や風貌《ふうぼう》、まわりからみた印象などを中心においているので、本書はいたって親しみやすく、わたしたちはトールキンおじさんをじかに知っているような気持ちにさせられる。そしてそのひとなりは、『ホビット』や『指輪物語』の印象をまったく裏切らない。さらにいえば、良き伝記小説がそうであるように、それ自体が童話的なしずけさをたたえた物語になっている。ドキュメントは読者の内側にさまざまの葛藤や問題をひきおこすような刺激をむねとする、そうぞうしいものであるけれども、伝記小説は休火山を見るようなぐあいに、その人物を遠望する。

このトールキン物語は、イギリスの教師の一生にミドルアースでの旅をかさねあわせて、それ自体が枠物語的であり、しかも、二つの現実を生きることはこのように人生を豊かにする、というメッセージを送ってくる。もちろんフィクションの世界でなら、古くはE・T・A・ホフマンの幻想小説から、現代児童文学の花形マーガレット・マーヒーのYA小説にいたるまでの主人公たちが、こうした二重の生き方をクリアーに見せてくれるけれども、実際にこのように生きた人物がいるということはなんといってもすばらしい。だからこそトールキンは「第二世界の創造」というキーワードとともに、戦後ファンタジー

(そしてひいてはファンタジー・ゲーム)の祖となったのだろう。

彼はいちいちのストーリーの「作家」ではなく、もうひとつの世界の「準創造者」である。みずからもそう明言し、その自覚をもって生きた文学者は初めてといっていい。

さてトールキンの作品については、ほとんどが邦訳されているので、ここであれこれと説明するまでもないと思う。本書によって、読者がトールキンの身辺のぬくもりのようなものを感じとっていただければ幸いである。

二〇〇一年九月

井辻朱美

参考文献

〈トールキンの著作〉

次にかかげるのは生前に刊行されたトールキンの著作である。初版の版元の名前を記載したが、いまでは多くの版が入手可能である。

Sir Gawain and the Green Knight. Edited by J.R.R. Tolkien and E.V. Gordon. Oxford: Clarendon Press, 1925.

『ガウェーンと緑の騎士』瀬谷廣一訳、木魂社、1990.1

The Hobbit: or There and Back Again. London: George Allen and Unwin, 1937.

『ホビットの冒険』(初版) 瀬田貞二訳、岩波書店／岩波少年文庫新版 (上下)、2000.8

『ホビット——ゆきてかえりし物語』山本史郎訳、原書房、1997.11

"On Fairy-Stories." In Essays Presented to Charles Williams. London: Oxford University Press, 1947.

『ファンタジーの世界』猪熊葉子訳、福音館、1989.10

Farmer Giles of Ham. London: George Allen and Unwin, 1949.

『トールキン小品集』吉田新一訳、評論社、1988.5

The Fellowship of the Ring: Being the first part of The Lord of the Rings. London: George Allen and Unwin, 1954.

『旅の仲間』瀬田貞二訳、評論社（文庫版)、1992.7

The Two Towers: Being the second part of The Lord of the Rings. London: George Allen and Unwin, 1954.

『二つの塔』瀬田貞二訳、評論社（文庫版)、1992.7

The Return of the King: Being the third part of The Lord of the Rings. London: George Allen and Unwin, 1955.

『王の帰還』瀬田貞二訳、評論社（文庫版)、1992.7

The Adventures of Tom Bombadil and Other Verses from the Red Book. London: George Allen and Unwin, 1962.

『トールキン小品集』(前掲) 所収

Tree and Leaf. London: George Allen and Unwin, 1964.

一部は『ファンタジーの世界』、一部は『トールキン小品集』に所収

Smith of Wootton Major. London: George Allen and Unwin, 1967.
『トールキン小品集』所収

これらのほかにトールキンの死後、出版されたものがある。未完作品でのちに編纂されたものおよび、エッセイ集である。トールキンの息子クリストファーが、中つ国の歴史全12巻を編集した。

The Father Christmas Letters. Edited by Baillie Tolkien. London: George Allen and Unwin, 1976.
『サンタ・クロースからの手紙』瀬田貞二・田中明子訳、評論社、1995.9

The Silmarillion. Edited by Christopher Tolkien. London: George Allen and Unwin, 1977.
『シルマリルの物語』田中明子訳、評論社、上巻 1982.1／下巻 1982.3

Unfinished Tales of Númenor and Middle-earth. Edited by Christopher Tolkien. London: George Allen and Unwin, 1980.
『ヌメノールと中つ国の未完の物語』（未訳）

The Letters of J.R.R. Tolkien. Edited by Humphrey Carpenter with Christopher Tolkien. London: George Allen and Unwin, 1981.
『トールキンの手紙』（未訳）

Mr. Bliss. London: George Allen and Unwin, 1982.
『ブリスさん』田中明子訳、評論社、1993.1

Finn and Hengest: The Fragment and the Episode. Edited by Alan Bliss. London: George Allen and Unwin, 1982.
『フィンとヘンジスト』（未訳）

The Monsters and the Critics and Other Essays. Edited by Christopher Tolkien. London: George Allen and Unwin, 1983.
『怪物と評論家、その他のエッセイ』（未訳）

〈トールキンに関する著作〉

トールキンについての著作もいくらかあるが、正直にいって本欄から省かざるをえなかったものもある。以下はたいへんすぐれた著作のみである。

Carpenter, Humphrey. *J.R.R. Tolkien: A Biography*. London: George Allen and Unwin, 1977.

『J・R・R・トールキン――或る伝記』ハンフリー・カーペンター
菅原啓州訳、評論社、1996.8

Carpenter, Humphrey. *The Inklings: C.S. Lewis, J.R.R. Tolkien, Charles Williams, and their friends*. London: George Allen and Unwin, 1978.

『インクリングス』ハンフリー・カーペンター（未訳）

Foster, Robert. *The Complete Guide to Middle-earth: from* The Hobbit *to* The Silmarillion. New York: Ballantine Books, 1978.

『中つ国の完全ガイド――『ホビット』から『シルマリルの物語』まで』
ロバート・フォスター（未訳）

Pearce, Joseph. *Tolkien: Man and Myth*. San Francisco: Ignatius, 1998.

『トールキン――ひとと神話』ジョーゼフ・ピアス（未訳）

Rosebury, Brian. *Tolkien: A Critical Assessment*. New York: St. Martin's Press, 1992.

『トールキン』ブライアン・ローズベリー（未訳）

Tolkien, John, and Priscilla Tolkien. *The Tolkien Family Album*. New York: Houghton Mifflin, 1992.

『トールキン・ファミリー・アルバム』ジョン及びプリシラ・トールキン（未訳）

マイケル・コーレン（MICHAEL COREN）
1959年、イギリスに生まれる。大人から子どもまでが楽しめる読みやすい文章に、正確な情報をもりこみ、共感に満ちた伝記を書く作家として定評がある。本書のほかにG・K・チェスタトン、H・G・ウェルズ、C・S・ルイス、およびコナン・ドイルなどの伝記がある。現在、カナダに在住。
http://www.michaelcoren.com/

井辻朱美（いつじ・あけみ）
東京大学理学部生物学科卒、同大学院人文系研究科比較文学比較文化終了。「水の中のフリュート」30首で、第21回短歌研究新人賞、『エルリック・シリーズ』（ムアコック、早川書房）で第17回星雲賞海外長編翻訳部門、『歌う石』（メリング、講談社）で第43回サンケイ児童出版文化賞をそれぞれ受賞。早川書房、東京創元社、講談社などでファンタジーの翻訳、紹介、創作にたずさわる。歌集に『水晶散歩』（沖積舎）『コリオリの風』（河出書房新社）、評論集に『夢の仕掛け』（NTT出版）、ファンタジー作品に『風街物語・完全版』（アトリエOCTA）『遥かよりくる飛行船』（理論社）などがある。『だれも欲しがらなかったテディベア』（アルバーグ、講談社）『イルーニュの巨人』（C・A・スミス、東京創元社）『妖魔を呼ぶ街』（ブルックス、早川書房）『トロールのばけもの鳥』（パリン＝ドレール夫妻、福音館）など訳書多数。BSでオペラの字幕も手がける。
現在、白百合女子大学文学部助教授。

トールキン

『指輪《ゆびわ》物語《ものがたり》』を創《つく》った男《おとこ》

●

2001年10月22日　第1刷

著者…………マイケル・コーレン

訳者…………井辻朱美《いつじあけみ》

装幀者…………川島進(スタジオ・ギブ)

発行者…………成瀬雅人

発行所…………株式会社原書房

〒160-0022 東京都新宿区新宿 1-25-13

電話・代表 03(3354)0685

http://www.harashobo.co.jp

振替・00150-6-151594

本文…………株式会社精興社

カバー印刷…………株式会社明光社

製本…………小高製本工業株式会社

ISBN4-562-03432-7